光文社文庫

戦国十二刻 始まりのとき

木下昌輝

光 文 社

戦国十二刻
始まりのとき

目次

乱世の庭　7
はじまりの刻　57
因果の籤(くじ)　69
厳島(いつくしま)残夢　117

小便の城　169
惟新の退き口　207
国士無双　253
はじまりの刻　299
解説　縄田一男　309

乱世の庭

応仁元年（1467）十月三日
酉の上刻（午後5時頃）
この十二刻（24時間）後、
相国寺は焼亡する。

昏れゆく空の下にいると、まるで自分が庭の一部になったかのようだ。

そんなことを考えつつ、善阿弥はひとり相国寺の庭にたたずんでいた。

残照が、築山や泉水、名木、奇石を優しく照らしだしている。自分の心身が溶け、庭と交わっていく。室町幕府八代将軍足利義政のおかかえ庭師である善阿弥にとって、それは決して悪い気分ではなかった。

齢七十をこえた善阿弥の肌は枯れ木のようで、爪や掌は石のように硬い。あるいは、今、遠くから善阿弥を見守る東軍の細川勝元の手勢たちは、本当に庭の一部だと思っているのかもしれない。

「善阿弥、まだか」

細川勝元の手勢が、乱暴な声を投げかける。彼らにとって善阿弥は風景の一部ではなく、異物にしかすぎなかったようだ。

「さっさとしろ。こちらも忙しいのは知っているだろう」

善阿弥は将軍義政おかかえの庭師だが、河原者ということもあり、武者たちの態度は軽輩に接するかのようである。

「いましばし、お待ちを」

庭の景色を目に焼きつけようとすると、寺の外から喊声が聞こえてきた。刃物を打ちあわせる音や悲鳴も、善阿弥の耳に届く。相国寺を守る細川勝元の手勢がざわつきだす。今、洛中では細川勝元ひきいる東軍約十六万と山名宗全ひきいる西軍約十一万の軍勢が戦いあっていた。

――応仁の乱

半年ほど前に改元された元号にちなみ、両軍の戦いを、人々はそう呼びはじめている。

だが正確には、今年からはじまったのではない。守護大名たちの権力闘争は、何十年も前からつづいていた。不協和音は蓄積し、とうとう今年にはいって京に軍勢を派兵する事態に発展。そして、洛中にある守護大名の館や寺院などに布陣して、睨みあった。

膠着が破られたのは、四ヶ月ほど前の五月二十六日の寅の刻（午前四時）だ。東軍の有力大名たちが、西軍の一色義直邸を襲撃したのだ。西軍の山名宗全もすかさず反撃にでて、たちまち両軍入り乱れた大合戦へと変貌する。

洛中全域を舞台とした戦いは、市街のあちこちを焼いた。二日目の五月二十七日の夜になって、やっと戦いは終わる。広大な境内をもつおかげか、この相国寺は幸いにも一堂一宇たりとも焼けることがなく、庭も無事だった。

だが、両軍ともに勝ち切ることができなかった。大軍を京の市街に展開したまま、拮抗した状態がつづく。

状勢に変化があらわれたのが、周防・筑前など数ヶ国の守護大名・大内政弘が、二万以上の軍勢を引きつれ西軍の援軍に到着してからだ。

勢いをえた西軍は一気に攻撃の手を強め、各所で東軍を破り、とうとう内裏さえも占拠した。今や、東軍は洛中の北東隅に追いつめられている。今、善阿弥がたつ相国寺と将軍足利義政のいる花の御所など、数ヶ所を保持しているにすぎない。

追いつめた西軍が虎視眈々と攻撃の機を窺っているのが、ここ相国寺である。花の御所と東軍総大将の細川勝元邸をつなぐ要の位置にあるからだ。

今日か明日にでも、西軍がここ相国寺に総攻撃をしかけると噂されていた。事実、今も矢叫びや喊声が寺の外から聞こえてくる。相国寺周辺で小競りあいがおきているのだ。

善阿弥は、庭の石や木、苔や白砂を愛おしげになでた。石や木を足利義政とともに吟味し、どこに築山や泉水を造るかをふたりで呻吟した。その苦労がまざまざとよみがえる。善阿弥にとっては、わが子にも等しい庭だ。

目差し(まなざ)をめぐらせると、戦火を免れた相国寺の堂宇(どうう)や塔頭(たっちゅう)がひしめいていた。その背後にある東山の山麓はすでに秋化粧を終え、紅や黄に彩られている。

さらにこうべをめぐらせれば、相国寺境内南東角にある七重塔が見えるはずだ。その高さは、三十六丈(約百九メートル)にもおよぶ。庭石を踏んで泉水ごしにのぞめば、塔の姿が池面に映る仕組みになっている。将軍義政と考案した工夫のひとつだ。

いつもなら、そこまで歩いて景色を確かめる。が、今日はしなかった。

西の方角が借景(しゃっけい)となり、洛中西側に布陣する西軍の軍旗がいやでも視界に入る。それは、義政とともに作った美しい庭を穢(けが)す行為だ。

「善阿弥、もうよいだろう」

背後から、また声がかかった。

「さっさとでるのだ。いかに、公方(くぼう)(将軍)様の許しがあるとはいえ、これ以上の滞在は許さん。今すぐにでも西軍が攻めてきてもおかしくないのだぞ」

「わかりました。あとすこし、この楓(かえで)の様子を見るまでお待ちください。これは、公方様が自ら選ばれ、わざわざ東山から移してこられたものです」

義政の名をだすと、武者は舌打ちをして背をむけた。

一本の美しい楓によりそい、掌でなでた。そうすることで、己の内面を確かめる。湧きあがる想いはひとつしかない。

――わしは、この庭を守る。

それをなすには、応仁の乱を停止させるしかない。

相国寺焼亡の十一刻前
――十月二日　戌の上刻（午後7時頃）

善阿弥が相国寺の門をでたときには、日は完全に暮れていた。背後で、ゆっくりと門扉が閉じられる。目の前に広がっているのは、凄惨なる京の焼け野原だ。かすかな月明かりでも、かつて碁盤の目と謳われた路地が跡形もなくなっていることがわかった。

整然とならんでいた町家、公家や京に滞在する大名の屋敷、甍を輝かせていた寺社仏閣のほとんどが灰燼に帰した。

すこし離れたところでは、篝火が焚かれている。陣幕が張りめぐらされ、軍旗や幟が夜空にたなびいていた。かつてあった寺の跡地や、奇跡的に焼け残った公卿（くぎょう）の邸宅などに、東西両軍が陣を布（し）いているのだ。

「ああ、待ってくれえ」

聞き覚えのある声が近づいてきた。

「その門、閉めないでくれえ。おいらをいれてくれェ」

駆けてくる男は二十代の若者なのに、十二、三歳の童（わらべ）ほどの背丈しかなかった。かといって可愛げがあるわけではない。なぜなら、岩のように盛りあがった筋肉の持ち主だからだ。さらに顔を見れば、山猿（ましら）のような異相である。

相国寺の門が、完全に閉ざされた。「嗚呼（ああ）」と、小男が情けない声をだす。

「開けてくれぇ。大事な用があるんだ。たのむ」

小男はしきりに門扉を叩くが、なかから反応は一切ない。見れば、背丈には分不相応な大きな行李（こうり）を背負っていた。

「たのむよ、開けてくれよ」

額を門扉につけて、今にも泣きだしそうな声をこぼす。

「六指（ろくゆび）のましらではないか。こんなところで、何をしているのだ」

善阿弥は声をかけた。

この男の名は〝六指のましら〟といい、善阿弥の弟子のひとりだ。

「お、親方、いいところに。お願いです。この門を開けてください」

「まさか、庭師の道具でも忘れたのか」

背に負った行李を見つつ尋ねると、六指のましらはこくこくとうなずいた。

「それは無理だ。わしでさえ、公方様の許しをもらいやっと庭にはいらせてもらったのだ。今、無理にはいれば、間者と間違われるぞ」

「そんなぁ、親方、わしの指を知っているでしょう。普通の道具じゃ駄目なんですよ」

六指のましらは、右手を突きだした。五本の指の一番端の親指のところに、もう一本尻尾のように指が生えており、合計六本もある。〝六指のましら〟のあだ名の由来だ。なんでも彼の祖父や父も、同じく六本指だったという。

「あきらめろ。命あっての物種だろう」

「畜生が」

六指のましらが大地を蹴りあげた。それでふんぎりがついたのか、案外にさばさばとした顔でこちらをむく。

「それより、親方こそ、どうしてまだこんなところに。兄弟子たちは、みんな洛外に避難しちまいましたよ。さっさと逃げましょう」

「いや、わしは今から花の御所へいき、公方様と面会してくる」

「正気ですか」

花の御所は、相国寺と道を隔ててすぐの位置にある。相国寺が西軍に攻められれば、その兵火が飛び火してもおかしくない。

「何しにいくつもりですか。まさか、庭の手入れですか」

花の御所にも、義政と善阿弥が手がけた名庭がある。

「わしはな、この相国寺の庭を守りたいのじゃ。そのために公方様にあいにいく」

「いつ合戦がはじまってもおかしくないのですぞ。それほどまでに、相国寺や花の御所の庭が大切なのですか」

「勘違いするな。わしは庭師として庭を守りたいのではない」

「じゃあ、なぜです。どんな理由にせよ、正気の沙汰ではありませせぬぞ」

「相国寺の庭を守ることができれば、かつて政道に邁進(まいしん)していたころの公方様にもどってくれる。わしは、そう考えている」

首をかしげる六指のましらに、善阿弥は説いて聞かせる。

義政は、美しき政治をこの世に現出させることを望んでいた。ゆえに、身分や出自にはほとんど頓着しなかった。善阿弥のような河原者でも、その才が飛びぬけていればそばにおき親しく声をかけた。あるとき、義政は善阿弥にこんなことをいった。

『下医は病を治し、中医は人を治し、上医は国を治す』

その意味を問うと、こう答えた。

『善阿弥よ、わしは上医となりたい。美しき政で、この日ノ本を治めたいのじゃ』

心優しき将軍だった。犬を虐待する犬追物を嫌い、和歌や能、音曲、作庭や建築などの美しいものに心を傾けた。しかし、義政のまわりは奸臣が多かった。なにより、細川、山名、畠山、大内らの有力守護大名の権力闘争は凄まじすぎた。

義政の意思は、守護大名らによってことごとく捻じまげられ、いつしか義政は情熱を失っていく。作庭や建築、和歌などの世界に、逃避するようになった。

が、善阿弥はまだ望みを捨てていない。義政の情熱は、埋火のように残っているのではないか。近くにはべるからこそ、そう確信していた。

が、もし相国寺が火にまかれ、義政と善阿弥の苦心の庭園が灰燼に帰せば、義政は完全に政への情熱を失う。

将軍である義政が遁世してしまえば、応仁の乱の終結への道は彼方に遠のく。

「わしはこの戦を止めるために、相国寺の庭を守る」

「しかし、わしらみたいな河原者が、どうやって戦を止めるんですか」

「考えがある。まずは公方様にあいにいく。そのために、花の御所へいく。お前もついてこい。わしを手伝え」

六指のましらは冗談じゃないという顔をしばらくしていたが、相国寺の庭を守れば作庭道具も無事にもどるという考えにいたったようで、にやりと笑って「お供します」と快諾した。

相国寺焼亡の十刻前
――十月二日　亥（い）の上刻（午後9時頃）

花の御所は、その名のとおり花の匂いに満ち満ちていた。菊やリンドウや金木犀（きんもくせい）など、秋の花が咲きほこっており、まるで桃源郷にいるかのようだ。

相国寺の七重塔は、花の御所の塀ごしに見えた。月光をうけて浮かぶ様子は、すぐ近くに巨木があると錯覚するほどだ。善阿弥が目指したのは、庭にある井楼（せいろう）である。七重塔ほどではないが、こちらも十余丈（三十数メートル）と巨大だ。

最上階への階（きざはし）を守っているのは、平服姿の老武者だった。鎧（よろい）を身につけていないにもかかわらず、強烈な気合いを放っている。齢は善阿弥よりも十ほど下で、たしかまだ六十歳にはなっていないはずだ。

「大舘様、公方様におあいしとうございます」

老武者は、しわだらけの顔を階の先にむけた。井楼の上に義政がいるから、昇れということだ。

この無口な男の名は、大舘持房。将軍親衛隊である、奉公衆の番頭だ。硬骨の士として名を馳せ、応仁の乱が勃発したとき「我らは東軍でも西軍でもない」と中立を宣言し、あえて武装しなかった。平服のままで花の御所を警固し、その威に東軍西軍のどちらも手をだすことができなかった。

大舘持房に一礼し、六指のましらも連れて善阿弥は階を昇る。

たどりついた最上階からは、軍勢が焚く篝火の様子が見渡せた。

星がまばたくかのようで、京に集結する軍勢の多さに、今更ながら驚かずにはいられない。

そんななか将軍足利義政は、四つの燭台に囲まれた文机の前に座している。

頭をかかえ、何事かを悩んでいた。文机の上には絵図があり、黒墨と朱墨がいっぱいに書きつけられている。きっと東山に建てる山荘の普請図だ。

「駄目じゃ。何も思い浮かばん。これでは鹿苑寺（金閣寺）にまさる山荘を建てるなど、夢のまた夢じゃ」

義政は、鬢のあたりを激しく掻きむしった。その横の壁には、桐でできた箏がたてかけられている。

「公方様」

「おお、善阿弥か。それに、六指のましらではないか。なんじゃ、随分と大きな行李を背負いよって。それより、よいところにきた。東山に普請する山荘のことだ。善阿弥よ、どこに築山と泉水を造るべきだと思う」

朱墨の訂正がびっしりとはいった普請図を突きつけてきた。

善阿弥は、義政の問いには答えなかった。かわりに、井楼の上から見える相国寺の七重塔を指さした。

「公方様、西軍が相国寺を攻めるそうです」

義政の顔が不快げにゆがむ。

「それがどうした。まさか、お主、余に両軍に合戦停止を命じろというつもりか」

善阿弥はうなずいた。

「馬鹿も休み休みいえ」

義政は普請図を文机にたたきつけた。

「奴らが、余のいうことを聞くわけがなかろう。相国寺は——あの美しい庭は焼かれる。ならば早急に、余の心を癒す美しい山荘を建てねばならん」

「公方様、昔を思いだしてください。美しい国をつくるといったのを、お忘れですか。今のままでは、この国はどんどんと美しさからかけ離れていきます」

「夢物語をいうな。見ろ、この醜く変貌した京の町の光景を。悪鬼羅刹の所業を繰りかえす細川や山名たちと、どうやって美しい国をつくるのだ。そんな夢を語るぐらいなら、余は小さくてもいい、東山に百世の後にまで残る庭と館をつくりたい」

口調は乱暴だがうなだれていう様子は、自身の無力を呪うかのようだった。

やはり、このお方はまだ政への情熱は捨てきれていない。

「もし、私が相国寺を焼くのを回避すれば、もとの公方様にもどってくださいますか」

「どういうことだ」

義政が、うなだれていた顔を持ちあげる。

「相国寺の庭を、私が命がけで守ってみせます。それを見事に成しとげられれば、政道に邁進する昔の公方様にもどっていただきたいのです」

しばらく、ふたり無言で対峙した。

「いかがですか」

ぷいと義政は視線を外す。

「公方様」

「黙れ、余に指図するな」

全身から拒絶の気を発散していた。

ひかえていた六指のましらが、おろおろとふたりに目差しを往復させる。

「下医は病を治し、中医は人を治し、上医は国を治す」

善阿弥が詠うようにいうと、義政の両肩が跳ねあがった。

「公方様、今こそ上医として目覚めるべきではありませぬか」

風がふいて、四つあるうちのひとつの燭台の火が消えた。

善阿弥は辛抱づよく、義政の言葉を待つ。

「いいだろう」と、義政の声が聞こえてきた。

「そこまでいうなら、やってみろ。見事に相国寺を焼亡から救えば、余はもう一度だけ政にむきあうと約束してやる」

義政の声は苦渋に満ち、まるで病人のようだ。しかし、善阿弥は見逃さなかった。かつて宿していた光が、かすかに義政の目によぎっている。

「だが、策はあるのか。庭師のお主が、いかにして合戦を停止させるのだ」

「それについては、公方様のお力をひとつだけお借りしたく存じます。ある僧を、紹介してください」

「僧だと。そ奴に、合戦を停止させる力があるのか」

「はい」

「誰だ。名は何という」

「一休宗純和尚でございます」

相国寺焼亡の六刻前
——十月三日　卯の上刻（午前5時頃）

「善阿弥よ、よう参ったの」

一休宗純和尚の一言に、善阿弥は目を大きく見開いた。足利義政の使者であることは伝えたが、まだ己の名は告げていなかったからだ。同行していた六指のましらも、床に下ろそうとした背負い行李を取り落としそうになる。

早朝、京の外れにある草庵に善阿弥と六指のましらはいた。

一休和尚は、善阿弥と同世代の七十をすこしこえたと思われる歳まわりだ。放置した芝のような短髪に、こけた頬をもっている。僧でありながら女色（だけでなく男色）を愛し、平然と数々の戒律を破り、かと思えば堕落した僧侶たちを舌鋒するどく論破する。時には、釈迦さえも罵倒するほどの破格の男だ。

「一休和尚、なぜ私の名を知っているのですか」

「ふふふ、怪しむのも無理はないか。実はな、昨晩、夢でお告げがあったのよ。わが草庵に、公方様の使者の善阿弥というものが訪れる、とな」

一休和尚は、指で勾玉をもてあそびつついう。深い碧色をしており、三本足の烏の紋様がくっきりと浮かんでいた。とても古びているが、どこかおかしがたい高貴な雰囲気も漂っている。

「お告げですか」

「そうともよ。おきてみれば、この書が枕元にあった」

老僧は、もう一方の手で一冊の書を懐から取りだした。

「これは……『聖徳太子未来記』」

「ほう、お主、字が読めるのか」

「はい、公方様に教えていただきました」

『聖徳太子未来記』——聖徳太子が未来を予言したと伝わる書物である。楠木正成がこの書を読んだ結果、鎌倉幕府滅亡の未来を確信し、挙兵したのは有名な話だ。

善阿弥の脳裏にも、予言の書の一節がすぐに浮かんでくる。

吾入滅の後七百余歳に当り、
君臣道を失ひ父子礼に違ふ。
君を殺し、親を殺し、邪をたて非をたつ、
僧は僧に非らず俗は俗に非らず。

公卿や僧侶たちは、この『聖徳太子未来記』の一節が、応仁の乱を予言していたのではないかと戦々恐々としている。

「これは父上からいただいた、『聖徳太子未来記』の写しよ。それが、わしに語りかけたのよ。善阿弥なる者を手伝ってやれ、とな。目を覚ましてみれば、奥深くしまっていたはずのこの書が、なぜか枕元にあった」

信じられぬという具合に、六指のましらが善阿弥と一休和尚に交互に目をやる。

「善阿弥よ、時が惜しい。教えろ、お主は何を成すためにここへきた」

善阿弥は、相国寺を戦火から守りたいことを伝える。三本足の烏の紋様のある勾玉を掌のうえでもてあそびつつ、一休和尚は「なるほどな」とつぶやいた。

「一休和尚は、さるやんごとなきお方のご落胤と聞きました」

善阿弥は両手をついてにじりよった。「ほう」と、一休和尚は半眼になる。

一休和尚が、第百代の後小松天皇の落胤であるのは、公卿や大名のあいだでは公然の秘密である。

「一休和尚ならば、西軍や東軍の大将に面会し、これを説得することもあるいは可能かと思います。お願いです。ぜひ、私にお力をお貸しください。公方様を助けてやってくれませぬか」

「よかろう」と、一休和尚は善阿弥が頭をさげるよりも早く快諾した。

「相国寺の七重塔とその庭園、燃やすには惜しいと思っておった。何より、未来記のお告げもあるでな」

一休和尚は早々に立ちあがった。見れば、墨染の衣の下の足は脚絆で固められ、外出の用意が整えられている。

「さあ、何を愚図愚図しておる。すぐに発つぞ。今にも、西軍が相国寺を攻めてもおかしくないのであろう」

一休和尚はもてあそんでいた勾玉を壁際にあった籠のなかに放りなげ、立てかけられた杖を手にとる。先端にある髑髏は飾りでなく、本物だ。

相国寺焼亡の五刻前
——十月三日　辰の上刻（午前7時頃）

一休和尚のもつ杖の上では、髑髏が楽しげに揺れている。それを追いかけながら、善阿弥と六指のましらは洛中を目指す。京の市街が見えてきたころ、ひとりの少年が天秤棒を担いでいるのが見えた。両端に、大きな壺をぶら下げている。

「油ァー、油いらんかねェ。大山崎の神油だよォ」

三人は思わず足を止めた。今まさに合戦がはじまらんとしているさなかに、なぜ油を売るのか。

「小僧、どういう了見だ。油なんて危なっかしいものを売る馬鹿がいるか」

善阿弥が叱りつけると、歳のころは十三、四の少年が、唇をねじまげしかめ面をつくった。

「仕方ないだろう。山崎の神人につたわる三度籤をひいたら、本日油を売るが吉、とでたんじゃ」

まだ若いのに、少年は善阿弥らに対して一歩も退こうとしない。

「小癪な小僧め。ほれ、銭をやるから、ここではなく山科あたりにいけ。これは、お前の身を案じていっているのだぞ」

一休和尚が銭袋を押しつけると、少年の顔が笑みでほころんだ。

「ありがてえ。やっぱり、山崎の三度籤の神託は本当だったぜ。油を一滴も売らずに、こんだけ儲けられるとはな」

油壺を心地よさげにゆらしながら、少年は去っていく。よほど機嫌がいいのか、鼻歌が聞こえてきた。

　百王の流れ、畢(ことごと)く竭(つ)きて
　猿犬英雄を称す
　星流れて野外に飛び
　鐘鼓(しょうこ)国中に喧(かまびす)し
　青丘と赤土と
　茫茫として遂に空(くう)と為らん

善阿弥は、一休和尚と目を見合わせた。

「あれは『邪馬台詩(やまたいし)』ですな」

「うむ」

『聖徳太子未来記』とならぶ予言詩だ。中国の僧・宝志が、日本の未来を予言したと伝わる。日本で王が百代つづいた後、天変地異が重なり、国土がほろびるという内容だ。『聖徳太子未来記』同様、民衆のあいだでしきりに口ずさまれている詩だ。

「猿犬英雄を称す、か」

善阿弥は思わずつぶやいた。西軍総大将の山名宗全は申年の生まれ、東軍総大将の細川勝元は戌年の生まれ。まさに〝猿犬の英雄〟だ。『邪馬台詩』の詩句は、今の世相と不思議な一致を見せている。

相国寺焼亡の四刻前
――十月三日　巳の上刻（午前9時頃）

「さあ、親方、一休和尚、こちらです」

六指のましらが先導役となって、三人は西軍の本陣を目指した。畠山義就、斯波義廉、土岐成頼、一色義直らの西軍守護大名たちの陣地をよけつつ、六指のましらは迷いなく進む。どの陣も騒然としていた。

聞けば、昨日、西軍が岩倉山にこもる東軍の援軍を攻め、これを討ち破ったという。ために今、洛東にある寺々が燃えている。遠目に灰煙（はいえん）が立ちのぼっていた。

やがて、一際、大きな陣があらわれた。山名宗全の陣であることは、その威容から一目瞭然だ。

一休和尚が訪（おとな）いを告げると、ふたりの侍大将（さむらいだいしょう）がやってくる。ひとりは赤糸縅（あかいとおどし）の鎧をきて、今ひとりは白糸縅（しろいと）の甲冑（かっちゅう）を身につけていた。まるで紅白の幕を見るかのような風情だ。

「大内周防守（おおうちすおうのかみ）様麾下（きか）の陶五郎（すえごろう）である」

赤糸縅の武者が、おごそかに告げた。つづいて白糸縅の武者も名乗る。

「斯波治部大輔（じぶのたいふ）様麾下、朝倉孫右衛門（あさくらまごえもん）である」

ふたりとも、西軍きっての猛将として名を馳せている。特に赤糸縅の陶五郎は、東軍の将士たちから赤鬼と恐れられていた。

「ちょうど、軍議をしているところだ。一休和尚のみ、面会を許そう。残りのふたりは――」

赤糸縅の陶五郎が善阿弥に目をやり、つづいて六指のましらを見た。六本指に気づいたのか、露骨に顔をしかめ言葉をつまらせる。

「とにかく。残るふたりは、ここで待たれよ。さあ、一休和尚、ご案内いたす」

言葉をひきとったのは、白糸縅の朝倉孫右衛門だった。一休和尚を本陣へといざなっていく。

ふたりは木の切り株に腰をおろし、帰りを待った。ずっと後ろでは、赤糸縅の陶五郎がしきりにこちらの様子を窺っている。だけでなく、従者に声をかけてどこかへと走らせていた。

「やれやれ」と、善阿弥はひとりごちた。東軍の間者と疑っているのだろう。随分と怪しまれたものである。

「はたして、上手くいきますかなァ」

洛東の諸寺から上る煙を見つつ、呑気な口調で六指のましらがいう。

「わからん、一休和尚の弁にかけるしかあるまい」

山名も大内も、一休和尚が後小松天皇の落胤であることは知っているようだ。望みがないわけではない。

「あ、もどってきた」

六指のましらの声に目をやると、髑髏の杖をもつ老僧の姿が見えた。

「いかがでした。説得できましたか」

善阿弥が駆けよると、「喜べ」と一休和尚が相好を崩した。

「ある条件を満たせば、相国寺は攻めぬと約束してくれたぞ」

「ある条件とは」

善阿弥と六指のましらは、同時に復唱していた。

「うむ、大舘ら奉公衆が東軍にかわり、相国寺の護衛にはいる」

「なるほど」と、善阿弥はつぶやいた。九ヶ月ほど前の応仁の乱勃発の合戦でも、大舘持房は中立を遵守した。将軍義政だけでなく、西軍東軍からも大舘持房の信頼は厚い。

「しかし、よく山名様や西軍の諸大名が承諾しましたな」

不思議そうに六指のましらがきいてくる。

「実は、こいつを取引きの具につかった」

一休和尚が懐から取りだしたのは、『聖徳太子未来記』だった。

「山名や西軍の諸将にとっても、この乱の行く末は気になるようじゃ。実は、わしがもつ書は写しでな。しかも前半だけじゃ」

「では、原本はどこかにあるということですな」

「そうともよ。わが父の後小松天皇がもっていた」

「ご、後小松天皇が、お父上なのですか。一休和尚の」

一休和尚の素性を知らぬ六指のましらが、ひっくりかえるようにして驚いた。

「そして、わしは父がもっていた原本の隠し場所を知らされている。西軍が包囲を解けば、原本のありかを教えるといったのじゃ」

一休和尚をたよったのは、やはり間違いではなかったようだ。

「とはいえ、運もよかった。山名はわしの取引きをつっぱねたが、大内が妙に乗り気でな。なんとか、山名を説得してくれたわ」

どうやら、かなり綱渡りの交渉だったようだ。

「とにかく条件つきとはいえ、西軍が兵をひくことは確約させた。次は東軍じゃ」

一休和尚の言葉に、善阿弥は力強くうなずく。

相国寺焼亡の三刻前

——十月三日　午(うま)の上刻（午前11時頃）

「善阿弥よ、久しいな。元気にしていたか」

訪れた幕府政所(まんどころ)執事の伊勢貞親(いせさだちか)の邸で善阿弥を出迎えたのは、伊勢一族のひとり伊勢新(しん)九郎(くろう)だった。歳のころは三十代くらいで、こけた頰と痩せた胴体が枯れ木を思わせる。それらとは対照的に眼光は鋭く、所作には一切の無駄がない。

善阿弥は一休和尚と別れ、伊勢貞親邸を訪れていた。一方の一休和尚は、東軍総大将の細川勝元を訪れている。

なぜ、善阿弥は一休和尚と別行動をとったのか。東西両軍の首魁以外にも、説得を要する人物がいるからだ。それが、政所執事の要職にあり、将軍義政を幼少から養育した伊勢貞親である。東西両軍が不戦を誓っても、それを将軍近臣が妨害するかもしれない。彼らの長である伊勢貞親の説得は、必要不可欠だった。

時がないため、細川勝元と伊勢貞親を順番に回ることはできない。伊勢貞親と面識のある善阿弥が、説得の使者をかってでたのだ。

「六指のましらよ、お前はこの木の下で待っておれ」

路地には、矢が十数本も刺さった桜の古木があった。六指のましらが、大人しく木の陰に背負い行李を下ろしたのを見届けてから、善阿弥は伊勢新九郎に誘われて館へとはいっていく。

客間へいくと、ふくよかな顔をした侍大将が座していた。高位の身分のようで、籠手脛当てをつけた小具足姿に陣羽織と烏帽子で着飾っている。たしか駿河国の守護大名で、東軍に参加している今川〝治部大輔〟義忠ではないか。

そういえば伊勢一族の伊勢新九郎は、今川家の取次役だったと思い出す。

善阿弥の胸に、不穏な雲が満ちる。伊勢貞親は、東軍西軍につぐ第三の勢力である将軍近臣衆の筆頭だ。その男の館に、東軍の今川義忠がいる。この乱を機に己の派閥を肥えさせようという、伊勢貞親の下心が透けて見えた。

「善阿弥、何用で参った」

伊勢貞親の声は庭から聞こえてきた。

見ると、よく整えられた生垣に腰を屈めて鋏をあてがう男がいる。

美しい大紋と烏帽子をつけた姿で、しきりに伊勢貞親はのびた枝を刈っていた。とはいっても、それほど成長しているとは思えない。小さなほころびを見つけては、整えるのに必死だ。

善阿弥は単刀直入にたのんだ。鋏の動きが止まり、伊勢貞親は露骨に顔をしかめる。

「奉公衆に相国寺を守らせるだと。馬鹿をいうな、そんな危うい真似ができるわけがなかろう」

にべもない伊勢貞親の声に、今川義忠も当然だといわんばかりにうなずく。

「お願いします。西軍の大将の山名様や大内様は、相国寺に奉公衆がはいれば兵をひくとたしかに約束したのです」

「そんな口約束を信用する愚か者が、どこにいる」

伊勢貞親は吐きすてた。

「しかし、これは一休和尚と交わされた約束です」

「老いぼれ坊主との口約束など、ますます信用ならんわ」

ぷいと、伊勢貞親は背をむけ、今度は庭の石の位置を整えはじめた。

「失礼」と立ちあがったのは、伊勢新九郎だった。

「善阿弥、ごみがついているぞ」

善阿弥の肩に手をやったときだ。伊勢新九郎が何ごとかを囁(ささや)きかける。

「え」と、善阿弥は思わずつぶやいた。

こくりとうなずき、伊勢新九郎はもとの位置へともどっていく。

囁きかけられた言葉を反芻(はんすう)する。

本当に、そんな条件で伊勢貞親はおれるのか。

信じられなかった。

しかし、今は伊勢新九郎の助言に従うしか手はない。

「もし、お力ぞえをいただけるならば、こちらのお庭を私が精魂こめて作庭いたします」

伊勢貞親の反応は顕著だった。石を拾おうとして屈んでいた背が、一気にのびる。

ゆっくりと、客間へと振りむく。

そして、今川義忠に目をやった。

「あ、ああ、ちともよおしましたので、厠をお借りします」

意図を汲みとった今川義忠が、肥えた体をゆすり客間から出ていった。

「善阿弥よ、まことであろうな」

庭から善阿弥を睨みつけている。

「は、はい。無論です。相国寺に奉公衆をいれることを承諾していただけるならば――」

「この庭を天下一のものにできるのか。義満公の鹿苑寺の庭は無論、これから公方様がつくる東山山荘の庭よりも、素晴らしいものにできるのか」

「お、お望みとあらば」

しばし、伊勢貞親は考えていた。

「よかろう。お主の言うとおりにしてやろう。だが、その結果、相国寺が焼けたとしても、わしの庭はかならずや手がけるのだぞ」

深く平伏して、善阿弥は礼をいう。

また伊勢新九郎に誘われて、邸の外へとでる。

「ご助言、感謝いたします」

門の前で、善阿弥はさきほどよりも長く頭を下げた。

「なに、いいってことさ。この大乱を、武士でも貴族でもない善阿弥が止めれば、これほどの快事はあるまい。まあ、せいぜい気張りな。おれは高みの見物を楽しませてもらうさ」

細い腕をふって、また邸のなかへと消えていく。

「さて」と、善阿弥は六指のましらを待たせている方に顔をむけた。

「うん」と、つぶやく。

矢が突き刺さった桜の古木の下で、ひとりの武者と六指のましらが話しこんでいる。まだ二十代の若い男だ。背に永楽銭をかたどった旗をさしている。それ以外の軍装から察するに、越前、尾張、遠江の守護を同族の斯波義廉と争っている東軍斯波義敏の侍のようだ。

若武者が投げた永楽銭を、六指のましらが手の甲で受けとめる。六本の指の背の上を器用に移動させていく手妻（手品）をやっていた。

「ははは、おもしれえな。こんな芸は、尾張じゃついぞ見なかったぜ。これだけでも、はるばる京までできた甲斐があったというものだ」

若武者は手を叩いて喜んでいる。

「六指のましら、何を遊んでいる。いくぞ」

善阿弥がよんでいるのに、六指のましらは永楽銭を指で弾き額の上にのせて、また若武者の笑いをとった。

「おい」

「は、はい、今いきます」

六指のましらは、あわてて背負い行李をかつぐ。若武者に愛想笑いをふりまきつつ、こちらへと駆けよってきた。

相国寺焼亡の二刻前
──十月三日　未の上刻（午後1時頃）

花の御所の門の前で待っていると、東軍の兵に守られた一休和尚がやってくるのが見えた。

先頭を歩く武者は歳のころは二十代ながら、黒々とした美髯を胸まで垂らしている。まるで、海のむこうの中国の豪傑だ。堂々と歩く様は、相当の胆力の持ち主であると見てとれた。

「毛利殿、わざわざご苦労じゃったな」

一休和尚は、美髯の武者に髑髏の杖をひょいとあげてみせる。

「いえ、この毛利〝治部少輔〟豊元、高名な一休和尚のお供ができ光栄です。いずれ縁があれば、安芸のわが所領へもお立ちよりください」

うやうやしく一礼して、美髯の武者は去っていく。

「一休和尚、お喜びください」と、善阿弥はさきほどの一件を報告する。

「このように、伊勢様の説得は首尾よくいきました。いかがでした、細川様のほうは」

「うむ、こちらも上手くいった。相国寺に奉公衆をいれることを承諾させた」

「一休和尚よ、今度は何を餌に取引きしたんですか。まさか、『聖徳太子未来記』の原本をやるといったんじゃないでしょうね」

ぶしつけな口調で六指のましらがきいてくるが、気にするでもなく一休和尚は答えた。

「一冊しかない原本を、ふたつに割るような愚は犯さんよ。別のものを、取引きの具につかった」

「そりゃ、なんなんです」

鼻くそをほじりつつ、六指のましらがきく。

「三種の神器のひとつ、神璽(しんじ)だ」

「な、なんですと」

これには、さすがの善阿弥も驚かざるを得なかった。神璽とは天皇位の象徴とされる三種の神器のひとつで、八尺瓊勾玉(やさかにのまがたま)のことをいう。

「ど、どういうことですか。なぜ、一休和尚がそんな大それたものを取引きできるのですか。三種の神器は、帝(みかど)がおもちなのでしょう」

「ふたりとも、禁闕(きんけつ)の変は知っていよう」

今から二十四年前の嘉吉三年（1443）ことである。吉野にいる南朝の残党があろうことか内裏に侵入し、三種の神器のひとつで神璽の異称をもつ八尺瓊勾玉を奪いさったのだ。

「実はな、南朝が奪った神璽は偽物だったのじゃ」

ふたりは絶句する。

「それもこれも『邪馬台詩』が原因よ」

一休和尚はいう。『邪馬台詩』では、日本は百代の王で途絶え、その後、天変地異やさまざまな変事に襲われると詠っている。

「それを憂えたのが、わしの父の後小松天皇じゃ」

後小松天皇が『邪馬台詩』の予言でいうところの百代目の天皇であることに、善阿弥は今さらながら気づいた。

「父は、いずれくるであろう災厄のために、三種の神器のひとつ神璽を偽物とすり替えた。神の璽(しるし)の名が示すとおり、神璽である八尺瓊勾玉さえあれば朝廷を復興させることも可能ゆえな。わしの弟である称光(しょうこう)天皇に位をゆずったときと聞いておるから、今から五十五年前のことよ。そして、本物の神璽を落胤のわしに託した」

何の因果か、後小松天皇がすり替えた偽物を南朝の残党が奪い、それを奪還したのが反乱の罪により所領没収されていた赤松家の牢人たちだ。この功績により、赤松家は復興した。だが、赤松家は山名家と領地が接しており、両家の激しい権力闘争が生まれる。それが、数多ある応仁の乱の原因のひとつとなっている。

ちなみに、さきほど一休和尚を送った毛利豊元という美髯の武者は、赤松家の被官だ。奇なる因縁というべきか、その六代前の当主は毛利貞親といい、南北朝の動乱の建武三年(1336)、後醍醐天皇が近江へ避難した際に三種の神器を供奉する役目を担ったことで知られている。百数十年の時をへて、再び一族が神器の行方に関わるとは思いもしなかったであろう。

「で、では、神璽は――八尺瓊勾玉は、今どこにあるのですか」

六指のましらが噛みつくようにきく。

「わしの庵じゃ。お主らも見たであろう」

善阿弥の頭によぎったのは、草庵で一休和尚が掌でもてあそんでいた勾玉だ。たしか、三本足の烏――八咫烏の紋様があった。

「まさ……か」

「そうともよ。八咫烏の勾玉こそは、本物の神璽――八尺瓊勾玉よ。あれを、取引きの具につかった。まさか細川めも、あんなぼろ家に三種の神器があるとは思うまいて」

そういって一休和尚は、天にむかって快笑するのだった。

相国寺焼亡の一刻半前

――十月三日　未の刻（午後2時頃）

花の御所の井楼の上で、相変わらず義政は頭をかかえていた。文机の上の普請図には、黒と朱の墨が縦横にめちゃくちゃにはいっている。

「まさか、本当に相国寺から両軍を退かせることを承諾させるとはな」

善阿弥、六指のましら、一休和尚に、義政がそれぞれ一瞥(いちべつ)をくれた。

「今すぐに、大舘様と奉公衆を相国寺へ派遣してください。さすれば、寺を守る東軍は撤退します。西軍も同様に兵を退いてくれます」

善阿弥の言葉に、義政は頭をかきむしった。

「何を躊躇(ちゅうちょ)しておられるのですか。公方様と私の作った庭を、守りたくはないのですか」

奉公衆は義政の命令なくば動かない。何より、今後政の主導権を将軍家にもどすためにも、義政自身が決断し命令することが肝要だ。

「善阿弥よ、余は命じぬ」

思わず、善阿弥は尻を浮かした。

「余は、政には関わらぬ。そう心に決めたのじゃ」

「なぜなのですか」

「余が政に関われば、山名や細川らの奸臣たちと渡りあわねばならぬ。畠山や斯波、赤松、大内らも同類じゃ。みな、この日本を安んじようなどとは、これっぽっちも考えていない。私腹を肥やすことのみに腐心している。余を育てた伊勢一族、余の妻の日野一族も同じよ」

吐き捨てるようにして、義政はつづける。

「余は、もう戦いとうない。鎌倉の源氏一族の二の舞にはなりとうない」

源頼朝が興した鎌倉幕府は、その妻の北条一族に乗っ取られてしまった。同じ轍を踏みたくないと、義政はいっているのだ。

「室町の幕府は、間違いなく斜陽だ。ふたたびもとの栄華を取りもどすことはない。ならば、余は最後の将軍にだけはなりたくない。そのためには、政局にかかわらずに歌舞音曲にうつつをぬかし、間抜けのふりをするのが一番なのじゃ」

そして、いつか弟の足利義視に将軍職を譲りわたし、完全に政の世界から身を退くという。

「だから、もう放っておいてくれ」

哀しみに満ちた義政の声に、さすがの善阿弥も何も言いかえすことができなかった。

「公方様、あなたはそれでも本当の将軍ですか」

静かな声でいったのは、六指のましらだった。穏やかだが、沸きたつ前の水を思わせる怒気がはらまれていた。

みなの目差しが六指のましらに集まるなか、すっくと立ちあがる。

「公方様は、嘘をついておられます。まだ政への情熱を失っていないはずです」

その剣幕に、義政はしばしの間、驚いていたが、やがて平静を取りもどし、「貴様なぞに余の心がわかってたまるか」とそっぽをむく。

六指のましらは顔を怒気で赤らめながらも、勢いよく指を突きつける。義政に、ではない。その横の壁に立てかけてあった箏(そう)に、だ。

「ならば、なぜ、あの箏をいまだ手放さぬのです」

息をつめるようにして、義政はたじろいだ。

六指のましらが指さす箏は、義政が若きころに、自邸の庭の桐の木から作らせたものだ。

義政は自身の政の理念を、その箏の名前にこめた。

文衛(ぶんえい)——武や凶事から、文を衛(まも)る。

国を治す上医たらんと欲する、義政の願望が色濃くこめられた銘だ。

「公方様はおっしゃったではないですか」

ここぞとばかりに、善阿弥が言い募る。

「この箏の――文衛の音色を、万民が楽しめる世をつくる、と」

苦しそうに、義政は手を自身の胸にあてがった。

六指のましらは箏を取り、ひるむ義政の眼前に突きつける。そして、畳みかける。

「今すぐこの箏を燃やしなされ」

義政の顔がひしゃげた。

「遊興にふけるだけなら、文衛の銘をもつこの箏は不要のはず。さあ、燃やしなされ。あるいは、おるのもよいでしょう。刃で切り裂くもよし、好きな方法をとりなされ」

さらに、義政の顔がよじれる。

「公方様ができぬというなら、わしがやるまでです」

六指のましらが箏を頭上に振りかざそうとした。

「ま、待ってくれ」

義政が悲鳴をあげた。

六指のましらは、箏を静かに床においた。そして、義政へとそっと近づける。

ふるえる義政の手が近づき、細い指で文衛の弦を爪弾く。

美しくも優しい音色が、ひとつふたつみっつと奏でられた。

ぽろりと、義政の瞳から光るものがこぼれる。

「善阿弥よ」

「はい」

「余は、まだ……やり直せるのか」

童が泣くかのような声だった。善阿弥の胸が感傷で膨らみ、弾けそうになる。

「も、もちろんでございます」

感極まった善阿弥は、叫ぶように答えた。

「不肖ながら、私がおります。一休和尚も知恵を貸してくれるはずです。大舘様もおります。みなで、美しい国をつくりましょう」

義政は静かに、だがたしかにうなずいた。

相国寺焼亡の半刻前
──十月三日　申の刻（午後4時頃）

井楼の上からは、相国寺へはいろうとする奉公衆の様子がよくわかった。

日は翳（かげ）り、気の早い星がひとつふたつと天頂でまたたいている。その一方で、残照は地平にまだ濃くたゆたっていた。

「うん」と、善阿弥はつぶやく。

奉公衆の後尾に、童のような人影がくっついていた。子供ではない。その証に、着衣の上からでもわかるほど筋肉が盛りあがっている。

六指のましらではないか。身丈にあわぬ大きな背負い行李を担いで、奉公衆に必死についていく。

やがて門が開き、奉公衆が吸いこまれ、最後尾の六指のましらの姿も消える。そういえば、相国寺に作庭の道具を忘れたと六指のましらがいっていた。

「やれやれ」と、ため息をつく。

まさか、さきほどの義政への説得は、道具を取りもどすためだったのか。道具を忘れるのはけしからん。だが、取りにもどろうとした情熱には、善阿弥の心を打つものがあった。

脳裏に、ある光景がよぎる。

義政と六指のましらが普請図を眺め、作庭の議論を交わらせていた。過去にこんなことがあったわけではない。善阿弥の願望が見せている光景だ。

ふふふ、と微笑してしまった。

政に邁進すると、義政は誓った。ならば東山山荘の着工は、ずっと後になるだろう。老齢の善阿弥が関わることはできない。ならば、己の弟子がその意志を引きついでくれればいい。

目を、暮れゆく空へやった。夜は、徐々に地平へと降りようとしている。七重塔の六重目の屋根を塗りつぶし、五重目の壁を暗くしていた。

まだ、東軍は相国寺内にいるが、退陣の支度をする様子がせわしない音となって、善阿弥らの耳に聞こえてきた。塀からのぞく旗が、門へと動きはじめている。

「うん」と、声をだす。

夜は七重塔の半ば、四重目と五重目の境の壁を黒く塗りつぶしていた。

その壁を、よじ登る影がある。

「なんだ、あれは」

善阿弥の声に、一休和尚と義政も七重塔へ目をやった。

影は四重目の屋根にいたり、五重目の壁にはりつく。

猿か。

いや、ちがう。あれは、人だ。

身の丈にあわぬ行李を背負っているではないか。

猿のような人影は、とうとう七重塔の頂（いただき）へとついた。夜の闇を洗うように、もっていた松明（たいまつ）に火をつける。

息を呑んだ。

七重塔の屋根から下界を睥睨(へいげい)するのは、六指のましらではないか。

まだ撤兵していない東軍も異変に気づいたのか、ざわつきだす。

「や、奴は何をするつもりなのじゃ」

義政の声は上ずっていた。

背に負っていた行李から、六指のましらが何かを取りだすのが見えた。鉄でできた筒状のものだ。それを脇にかかえる。飛びでた縄に、松明の火を移す。

未だかつて見たことのない道具だった。庭作りのものでないのは、たしかだ。

「あ、あれは、まさか——てつはうか」

一休和尚が身を乗り出した。髑髏の杖が、はずみで床を転がる。

「てつはう？」

義政と善阿弥が同時にきく。

「は、はい。かつて元寇(げんこう)のときに、元軍が使っていた火器です。すさまじい音とともに、鉛の弾を発すると聞いております」

常に泰然自若としていた一休和尚の顔が、病人のように青ざめている。

「用途は他にもありまする。鉛玉ではなく、火薬をこめた火矢を射(う)つこともで……」

一休和尚が息を呑んだ。目差しの先をたどると、六指のましらは銛のような大きな矢を筒のなかに押しこんでいる。

間違いない。あれは、火薬のつまった火矢だ。

それを、どこへ射ちこもうというのだ。

六指のましらがかまえたてつはうは、相国寺の境内の一隅にむけられていた。その先には庫裏（台所）があり、油や薪を保管した蔵も隣りあっている。

「やめろォ」

善阿弥の叫びが合図だったかのように、てつはうが火を噴いた。

雷に似た衝撃音の後に、火矢が庫裏めがけて飛ぶ。そして、吸いこまれ消えた。

半瞬だけおいて、蔵ほどはあろうかという大きな火球が爆ぜた。

庫裏の壁と屋根が吹きとび、油と薪を保管する蔵に火の粉と残骸が襲いかかる。

「火事だあ」

「西軍の間者が火を放ったぞ」

東軍の狼狽の声をかき消すかのように、蔵が次々と爆ぜる。燃えた残骸が大きく飛び散り、惨状が一気に広がる。

恐ろしいほどの大音声が響きわたった。

首をひねると、西軍の陣から鬨の声が高らかに発せられている。

間髪いれずに、相国寺を守る東軍に襲いかかるではないか。

応戦する東軍の矢が雨のように降りそそぐが、西軍の鋭鋒はそれを凌駕していた。

東軍の軍旗が、次々と踏みにじられる。

その間も、庫裏の一帯からあがる火の手は堂宇を食み、巨大になっていく。

たちまちのうちに、境内の三分の一ほどが朱につつまれた。

なぜだ――と、善阿弥は自問した。西軍の動きは、明らかに統制がとれていた。まるで、相国寺から火の手があがるのを待ちかまえていたかのようだ。

六指のましらが、西軍の陣地を知っているかのように案内したことを思い出す。

まさか、奴は西軍に内通していたのか。

善阿弥の全身の肌が粟立つ。

西軍の大内政弘の部将陶五郎が、六指のましらを見て顔をしかめていたのは、その異相ゆえではなく、内通した間者があらわれたことをいぶかしんでいたのではないか。

わなわなとふるえだす。

六指のましらは、西軍の大内政弘と内通していたのだ。

大内政弘は、中国との貿易で巨万の富を築いている。中国の火器のてつはうを入手するのもたやすいはずだ。六指のましらが相国寺にはいろうとしたのは、作庭の道具を取りもどすためではない。西軍の手先として、火の手をあげるためだ。

しかし、相国寺は門を閉じた。

そんなときにあらわれたのが、善阿弥だ。善阿弥を手伝うふりをして、虎視眈々と六指のましらは相国寺に侵入する機を窺っていた。

相国寺焼亡の刻
――十月三日　酉の上刻（午後5時頃）

相国寺からあがる炎が風となり、善阿弥の頬をなでた。たちまち肌が汗でぬめりだす。火の粉が雨のように降りそそぐなか、善阿弥はがくりと両膝をついた。丹精こめた庭が焼けていくのを、ただ呆然と見ることしかできない。

突然だった。

「美しい」

誰だろうか。目をやると、足利義政がひとり立ちすくんでいる。

いつのまにか、一休和尚は井楼の最上階から消えていた。

「美しい」

義政の口から漏れた言葉に、善阿弥は愕然とした。恍惚とした表情で、義政は燃える相国寺を見ている。

「善阿弥よ、見ろ、この光景を、美しいとは思わぬか」

火に巻かれる相国寺に、義政は指を突きつけた。巨大な堂宇の窓から、赤い火焰が出口を求めるかのように吹きこぼれている。

「まるで、赤い花が咲くかのようだ。優曇華(三千年に一度咲く花)が目の前で花開いたとしても、ここまでは美しくあるまい」

炎をうける義政の瞳は、橙色の光を濃くおびていた。

「いや、相国寺だけではない。見ろ、火の粉に化粧される洛中を。京のあちこちで、咲くかのように炎があがっている。まるで、この洛中が巨大な庭と化したかのようだ」

義政の声には、喜色と狂気が過剰にまざりあっていた。

善阿弥は、目を相国寺へともどす。昼と夜のあわいが、山際に血の色の帯をつくる。その帯を断つ影は、相国寺の七重塔だ。いまだ火にまかれずに、堂々と屹立していた。

暗い空には星が、昏い大地には兵火がまたたくなか、七重塔だけが何ものにも侵されずにそびえている。紅蓮をうけて、各層の壁や瓦が妖しい色に塗りかえられていた。

「美しい。これほど美しいものが、この世にあったのか」

義政は、とうとう目をうるませる。

つう、と雫(しずく)がひとつ落ちた。

「できる。描けるぞ。義満公の鹿苑寺をこえる、山荘の普請図を今なら完成できる」

義政は文机にかぶりついた。そして、一心不乱に筆を奔(はし)らせる。

美しい庭と山荘がその手によって次々と生み出されていく様を、善阿弥はただ立ちつくし眺めることしかできなかった。

はじまりの刻

応仁元年（1467）十月三日
戌の上刻（午後7時頃）
相国寺焼亡の一刻（2時間）後

一休和尚は、炎と叫喚（きょうかん）が満ちる洛中をひとりさまよっていた。

怖いとは思わない。

懐にある『聖徳太子未来記』が、一休和尚を導いていることはわかっていた。

予言の書は、何を一休和尚に見せたかったのか。何のために、善阿弥らを手伝わせたのか。

その答えが、きっとある。

幾人もの東軍西軍の武者たちとすれちがった。

赤糸縅（あかいとおどし）の陶五郎（すえごろう）ひきいる勢は相国寺を守る東軍の兵を蹴散らし、その間隙（かんげき）をつくかのようにして、白糸縅の朝倉孫右衛門が采配する手勢が境内に流れこんでいく。

右往左往する東軍の守護大名を押しのけたのは、軽格（けいかく）の武者たちだ。

「伊勢新九郎」

「毛利治部少輔」

枯れ木のような痩身の武者が薙刀（なぎなた）を振りまわし、朝倉勢の武者の首を次々とはねた。

美髯（びぜん）の若武者は、陶五郎配下の侍大将の胸に槍（やり）を深々と突き刺し、今まさに赤糸縅の大将へ肉薄しようとしている。

乱を主導した東西両軍の守護大名たちは馬上で威勢のいい声をあげる者もいるが、旗下の兵はほとんど命令をきいていない。ただ本能の赴くままに、殺しあっている。

一休和尚は、さらに歩む。

「武士どもめ、よくもおれの大切な京の町を焼きやがったな」

怒号を放つ少年がいた。油壺を地に転がし、天秤棒を振りまわしている。朝に出会った、山崎の油売りの少年だ。

「山崎の油売り、松波庄五郎をなめるなよ」

筋金でも仕込んでいるのか、うなる天秤棒が武者たちの首を次々とへしおる。

東軍西軍関係なく、手当たり次第に松波庄五郎は撲殺していく。

「かえせ、おれたちから奪った京の町をかえせ」

もう息絶えた骸に、松波庄五郎は何度も何度も棒を振りおとす。血肉が爆ぜて、少年の顔にふりかかる。とうとう天秤棒がおれた。

棒を捨て松波庄五郎は、油壺を摑む。そして、燃える屋敷にむかって放りなげた。

炎の丈が一気にあがり、赤い壁が出現する。

「見ていろ」

燃えさかる炎の壁を背にして、松波庄五郎は吠える。

「おれは奪う。おれの大切な京を滅茶苦茶にした奴から奪ってやる。それが、おれの復讐だ。親子何代かかっても、武士どもから国を奪い、掠めとってやる」

絶叫を背で聞きつつ、さらに一休和尚は歩を進めた。

ぴたりと足を止める。東軍の陣があり、その前でふたりの男が対峙していた。ひとりの背に負う旗には、永楽銭の紋が染められている。いまひとりは童のような矮軀で、膝をつき両手をあわせ何かを懇願していた。あれは、六指のましらではないか。

「見ていたぞ。まさか、西軍の間者だったとはな。見事にたばかってくれたものよ」

永楽銭の旗を負う武者は、冷然とした笑みを浮かべた。

「ゆ、許してください。命だけは助けてください。なんなら、大内様からいただいたご褒美のすべてを、あなた様に差しあげます」

六指のましらの命乞いに、武者は片側の頰を持ちあげた。その表情を見た六指のましらが、体を強張らせる。

「安心しな。殺すつもりはない」

「へ」

「いや、逆に大したものだと感心さえしてる。庭師にしかすぎぬお主が、これほどのことをやり遂げたんだからな」

犬を可愛がるように、六指のましらの頭をなではじめた。

「それはそうと、お前の使った得物は――」

武者が地に転がる武器に目をやった。

「てつはうです。大内様から密かにいただきました」

筒先にこびりついた煤が、六指のましらの暗躍を物語るかのようだ。

「おもしろい得物だな。気にいった。どうだ、おれの部下にならんか。雇ってやる」

「や、雇う。おいらをですか」

「ああ、おれの足軽にしてやる。骨のある部下がすくなくて、難儀していたところさ」

「おいらが……足軽……」

「戦で手柄をたてりゃ、大内の褒美の何倍もすごいものをくれてやるぜ」

六指のましらの体がふるえだす。その様子を、一休和尚はじっと見ていた。

「あ、あなた様の御名は」

もう六指のましらの顔には、怯えの色はなかった。

「織田〝弾正忠〟良信だ。尾張守護の斯波様の部下のそのまた部下よ」

武者は懐から永楽銭を取りだした。かじりついて歯形をつけ、放りなげる。

「とはいえ、これだけのことをしでかした貴様をつれて、一緒に戦うわけにはいかぬ。この乱が終わったら、尾張へこい。雇ってやる。歯形のついた永楽銭が、おれへの通行手形がわりだ」

「本当ですか」

「本当だとも。中村郷に荒れた田んぼがひとつあったはずだ。それを貴様に所領としてくれてやる。てつはう足軽として雇ってやるぜ」

てつはう足軽という言葉が、一休和尚の耳には雷を聞くかのような衝撃をあたえた。

「じゃあな、くれぐれもおれが尾張に帰るまでは死ぬなよ」

「待ってください」

きびすをかえそうとした武者の背中に、六指のましらがすがりつく。

「なんだよ」

「——をください」

「路銀が欲しいのか。そのぐらい自分の才覚で稼げ」

「ちがう、金じゃない」

「じゃあ、なんだよ」

「苗字がほしい。あなた様の手足となる証に、名を与えてください。かっこいい、これぞ武者という名をください」

「いいだろう。じゃあ、お前と最初に対面したのは、桜の木の下だったな」

こくこくと、六指のましらはうなずく。

「じゃあ、木下だ。木の下であったから、木下。どうだ、いい名前だろう」

しんと、静まりかえる。こほんと、ばつが悪そうに織田良信が咳払いをした。

「冗談だ。さすがに、木の下であったから木下はない――」

「すっげええっ」

六指のましらは絶叫をあげた。

「きのした、すっげえ、立派な苗字だ。おいら、嬉しい。こんなにすごいものをもらったのは、生まれて初めてだ」

あろうことか、六指のましらはむせび泣きはじめた。

その様子を見届けてから、一休和尚はふたりに背をむけた。

『邪馬台詩』を口ずさみつつ、歩く。

――猿犬英雄を称す
――星流れて野外に飛び

　この大乱は、序章にしかすぎない。そう、一休和尚は確信した。
朝倉孫右衛門
陶五郎
伊勢新九郎
毛利豊元
松波庄五郎
織田良信
そして六指のましらこと、てつはう足軽の木下
本当の乱世が、この後にやってくるのだ。守護大名が乞食に転落し、乞食や足軽が天下人に成りあがる。そんな乱世がやってくる。
　背後を振りむいた。相国寺が燃えている。
　屹立（きつりつ）する七重塔が、紅蓮（ぐれん）をうけて揺らめいていた。足元にひれ伏すようにしている堂宇は、強火にくべられた竈（かまど）を思わせた。内部の骨組みが、影となって浮きでている。

とうとう、相国寺の堂宇が限界を迎えた。

柱や梁がねじれ、折れ、粉砕される。轟音とともに、堂宇が崩れ落ちていく。

衝撃は地をゆらし、一休和尚がもつ髑髏の杖が音を奏でた。

鳳凰が羽を広げるようにして、火の粉が盛大に舞う。それは洛中を覆いつくすに十分で、さらにいくつかは洛外を囲む山々のむこうへと飛び、その陰へと消えていった。

一休和尚は、髑髏の杖を夜空に突きつける。もう一方の手を懐にやり、『聖徳太子未来記』を刀のような形をした月へとかざした。そして、叫ぶ。

「天よ、恨みますぞ」

まだくたばるには早い。応仁の乱と名付けられたこたびの戦いの結末は、老齢の一休和尚でも見届けることができるだろう。

しかし、出会った男たちの行く末までは見届けることはできない。

ましてや、その子や子孫たちの未来などは――

「天よ、恨みますぞ」

ふたたび叫ぶと、その声が湿っていることに気づいた。視界にある月もぼやけ出す。

一休和尚は、本当の乱世を見届けられない。ただ、その入り口に、朽ちかけた老体をおいているだけだ。本当の英雄たちの戦いを、はるか遠い冥府で指をくわえて眺めることしかできない。
それが口惜しかった。
「天よ……」
予言の書が、手からこぼれ落ちる。
もう、声さえもでない。背後からは、叫喚と矢叫びが詠うかのようにやってくる。
風がふいて、予言の書がはためいた。
だくようにして、火の粉が一休和尚をつつむ。

因果の籤（くじ）

天文十九年（1550）十一月一日
卯の刻（午前6時頃）
この十二刻（24時間）後、
土岐家は滅亡する。

東の山際が、朝日によって縁取られようとしていた。

光の線は徐々にのび、蝮とよばれる男が見上げる山の輪郭をなぞる。頂には、美濃国守護の土岐頼芸がこもる大桑城がそびえていた。

朝日が、城の全貌を浮かびあがらせる。連なる曲輪のあちこちに、水色の旗がひしめいていた。旗には、土岐家の紋である桔梗の花が白く染めぬかれている。

北西から吹きつける伊吹おろしの冷風が、土岐家の旗の竿をしならせていた。そのうちのいくつかは、今にも折れそうなほどに曲がっている。

乱流が、旗に描かれた桔梗の花を握りつぶすかのようだ。

一方の蝮こと斎藤道三の周囲には、波を図案化した〝二頭立波〟の旗指物が並んでいる。

斎藤道三ひきいる一万の軍勢が、大桑城を粛々と囲っていた。守護である土岐頼芸を、その家臣である斎藤道三が討つ——下克上の集大成ともいうべき城攻めだ。

「この時を待ちわびたぞ」

白い息を吐きつつ、道三はひとりごちた。

親子二代にわたる下克上の戦いだった。道三の父の松波庄五郎がまだ童だった道三をつれて土岐家陪臣の長井家につかえたのが、約五十年前。親子は様々な謀略を駆使して、のしあがった。時流も味方してくれた。守護の土岐家では、後継者をめぐる兄弟間の争いが二代にわたりつづいていたのだ。蝮が脱皮するように、道三父子の姓も変わった。松波から西村、そして主とおなじ長井になり、道三親子がつかえる長井家を弑逆した。つづいて守護代斎藤家を没落させ、斎藤姓を手にいれる。

その間も、守護土岐家のお家騒動はつづいていた。叔父の頼芸と甥の頼充の骨肉の争いに、道三は油をそそぐ。両者を疲弊させた後、偽りの和睦を結ばせる。ここにきて土岐家の何人かは、道三が危険な毒蛇だと気づきはじめた。土岐家の結束を固めようとするが、もう遅い。道三の毒はすでに美濃国全土を蝕んでいた。頼充に娘の帰蝶を娶らせ油断させて毒殺し、頼芸の嫡男を讒言で追放した。

こうやって、有力な土岐一族を次々と粛清していく。

そしてとうとう、大桑城にこもる美濃守護の土岐頼芸に毒牙をむけた。

「この城を落とせば、わが父からつづいた下克上の旅がようやく終わる」

吐く息は白かったが、言葉には冷風を溶かすかのような熱がこめられていた。

手をあげて背後に合図を送ると、甲冑を鳴らして旗本のひとりが近づいてくる。体格のいい武者が、忠犬のように道三の足元に跪いた。

「飯を炊け。いつもの倍の米をつかえ。味噌や肉もだ。合戦前の腹ごしらえゆえ、たっぷりと兵どもにふるまえ」

旗本は小気味よく返答し、きびすをかえす。

しばらくもしないうちに、あちこちで太い炊煙が立ちのぼりはじめた。

たとえ主君といえども、容赦するつもりはない。

今日の総がかりで、完全に決着をつけてやる。

土岐家滅亡の九刻前

――十一月一日　午の刻（午前12時頃）

大桑城下にある寺のひとつを、道三は本陣にしていた。仏像が鎮座する本堂に、美濃の諸将がひしめいている。彼らの前には膳がおかれ、椀には湯漬けや味噌汁が湯気をあげていた。

道三と諸将は、飯を食みつつ軍議を進める。彼らの中央には二枚の絵地図があり、そのうち一枚は大桑城の縄張図だ。

「一の曲輪の門を攻める役は、ぜひそれがしに。かならずや門を破ってみせます」

「西の急坂をおまかせください。見事に一番乗りしてみせます」

「南の門の攻め手に、ぜひ拙者の勢を加えてくだされ」

名乗りをあげた諸将の名前が、次々と絵地図に書きこまれていく。

稲葉、安藤、氏家、竹腰、日根野、森、今枝——美濃に大きな所領をもつ侍大将たちの名前が、大桑城をすきまなく囲っていく。

咀嚼していた米を、道三はごくりと呑みこんだ。美濃守護を攻める戦いだが、諸将の士気は高い。どうやら、大桑城攻めには何の不安もないようだ。

漬物の皿に道三は箸をのばす。数枚をつまんで口のなかに放りこみ、音をたてて嚙みくだいた。諸将の食欲も旺盛である。配膳を命ぜられた小姓たちが、忙しげに湯漬けや味噌汁を運んでいた。

「厄介なのは、美濃に蟠踞する土岐一族でございますな」

腹心の竹腰という男が、口の周りをふきつつ道三に向きなおった。攻め手の将の名を書きこんだ縄張図の横には、美濃国の絵地図がある。そこには鷲巣、揖斐、饗庭、金森、蜂屋、船木、明智ら土岐一族の支流の名前が書きこまれていた。

土岐一族は、多くの支流末葉をもつ。彼らは姓に地名を冠して、何代にもわたり土地に根を下ろしている。鷲巣、揖斐、明智など姓は様々だが、水色桔梗紋の旗印で統一されており、その結束は侮れない。

「幸いにも、揖斐と鷲巣の軍勢は退けました」

揖斐家と鷲巣家の当主は、土岐頼芸の弟が養子としてはいっており、所領も大きく容易ならぬ力をもっていた。今回の道三の挙兵に対抗するべく、揖斐家や鷲巣家は援軍を繰りだしてきたが、大桑城に合流する前に奇襲で打ち破ることに成功している。

「残る土岐一族は、饗庭、金森、蜂屋、船木、明智か」

道三は美濃の絵地図に顔を突きだし、味噌汁をすすった。

「調略の使者は送っておりますが、やはりというべきか返事がありませぬ」

「兵は出してきそうか」

「城の堀は深くして守りを固めていますが、こちらに援軍を送ってくる気配はありませぬ」

味噌汁で湿った唇を、道三はぺろりとなめた。

どうやら、他国の援軍をあてにしているのだろう。今までもそうだった。力をつけた道三に対して、土岐家は朝倉家や尾張の織田信秀（信長の父）の援軍をたよりにしていた。

だが、こたびはちがう。援軍はこない。

朝倉家のいる越前国は深い雪に閉ざされている。

尾張国の織田信秀とは、昨年の天文十八年（1549）、道三の娘を信秀の嫡男の信長に輿入れさせた。帰蝶といって、以前に毒殺した土岐頼充に嫁いでいた娘だ。朝倉家や織田家からの援軍は決してこない。

「大桑城の守護様を討てば、残る饗庭、金森、蜂屋、船木、明智などはとるに足らん」

道三は椀をつかみ、味噌汁を一気に喉の奥に流しこんだ。

「聞くところによれば、饗庭、金森、蜂屋、船木、明智の城から、小勢ですが援軍が大桑城に入ったそうです。包囲の手薄な北側から忍びこんだようです」

大桑城の北には険しい山岳が連なっていることもあり、道三は主要な山道に砦を築き、少数の兵を配している程度だ。

「まあ、千に満たぬ兵が増えたとて、気にすることはないでしょうが」

そういえば、大桑城にひるがえる旗の桔梗の紋様が微妙にちがっていた。あれは、北の山から入城した土岐一族の旗だったのか。

「そのなかに、名のある侍大将はいるのか」

土岐家滅亡に王手をかけているからこそ、道三は慎重を期したかった。

「ほとんどが若年の武者ばかりです。道三様のお耳にいれるほどではありませぬが……」

竹腰がくちごもる。

「かまわん、いえ」

「ありえぬことですが、土岐八郎様が大桑に入城したとの噂があります」

諸将がどよめいた。

土岐八郎——土岐頼芸の実弟である。

六年前の天文十三年（1544）のことだ。道三は今攻めている土岐頼芸を傀儡としていた。そこに対抗するのは、頼芸の甥の頼充だった。頼充は尾張の織田信秀と同盟し、信秀は大軍をひきいて道三の本拠地の稲葉山城に迫った。このとき、名目上の総大将として仰いだのが土岐頼芸の弟の土岐八郎だ。

そこで、お飾りにしかすぎぬと思っていた土岐八郎が、意外にも卓越した戦術眼を見せはじめた。だけでなく、諸将の心を摑もうとしていた。

放置すれば容易ならぬ障壁になると判断した道三は、土岐八郎に刺客を放ったのだ。信秀の軍勢との対陣中にである。

刺客は致命傷を負わせたが、信秀の軍勢がたまたま攻めよせてきたこともあり、とどめは刺せなかった。そして、混乱のなか土岐八郎は行方をくらましてしまう。

あの傷で、生きながらえたとは思えない。

しかし、もし本当に今、生きて大桑の城にいるならば……。

道三のにぎる箸がきしみ、不快な音をたてた。

「八郎様が生きているはずがない。こちらを惑わすための流言だ」

自分に言い聞かせるかのような口調だったことに、道三自身が密かに驚いていた。

「北の山から援軍として入城した土岐一族は、皆殺しにしろ。いまだ旗幟（きし）を鮮明にせぬ者どもへのよい見せしめとなろう」

飯をかきこんでいた諸将が一斉にうなずいた。

「では、守護様はいかがいたします」

真剣な面持（おもも）ちできいたのは、西美濃に地盤をもつ稲葉良通（よしみち）だ。

大桑城にこもる土岐頼芸を殺すか、それとも生け捕るかときいているのだ。

道三は、膳の上に箸をおいた。神妙な表情をつくり、腕をくみ悩むふりをする。

「守護様は、畏れおおくも武辺（ぶへん）の土岐家のご当主。我らに降（くだ）ることはあるまい。ならば、武士として、そのお気持ちにそうだけだ」

つまり、容赦なく殺せということだ。

「わかりました。ならば、我らは武士として正々堂々と、守護様と戦うだけですな」

竹腰の言葉は、覚悟が定まらぬ諸将にむけたものだ。道三が目を配ると、全員が硬い表情ながらもたしかにうなずいた。

寺の広縁を駆ける足音が聞こえる。

「伝令」

小姓のひとりが本堂の入り口で膝をついた。

「何事だ」

指についた米粒をねぶりつつ、道三はきく。

「織田弾正忠(だんじょうのじょう)(信秀)様のご使者が参られました」

「ふん、戦時にご苦労なことよ。して、使者はどなただ」

「平手(ひらて)殿と与十郎(よじゅうろう)殿です」

織田信秀配下の重臣で、平手政秀(まさひで)と織田与十郎のことだ。特に平手政秀の外交手腕は、隣国にも名が鳴りひびいている。道三と信秀との同盟締結に、一役も二役もかった人物だ。

土岐家滅亡の八刻前

——十一月一日　未(ひつじ)の刻（午後2時頃）

包囲される大桑城が見える寺の一室で、道三は平手政秀と織田与十郎のふたりと面会していた。平手は、道三よりも二つ年長の五十九歳の老将だ。灰色がかったひげと髪が、知的な顔立ちを引きたてている。

「嫡男、三郎（信長）様からのお見舞いの品でございます」

まず平手が道三に差しだしたのは、袱紗の包みと書状だった。手に取ると、砂のようなものがはいっている。

「なにかな、これは」

なかには、火縄銃の玉薬らしきものがつまっていた。さらに書状も開く。

新しい玉薬の配合を考えたので、それを進上する旨が、信長の直筆で書かれていた。ご丁寧に、玉薬の配合比率も記されている。

「婿殿は、相変わらずおもしろいご仁よのお」

道三の顔が自然とほころぶ。

昨年、尾張と美濃の国境近くにある聖徳寺で、数えで十六歳の織田信長と会見したときのことを思いだす。まず道三は物陰から、道中の信長の様子を観察した。袖なしの帷子に荒縄を帯がわりにし、そこに火打ち石や瓢箪を七つも八つもくくりつけていた。

道三を含め、斎藤家のみなは信長のことをうつけと侮った。

そして、会見を迎える。

道中と一変して、信長は裃に身をつつんだ隙のない正装であらわれ、道三らの度肝をぬいたのだ。以来、道三は信長のことを憎からず思っている。わずかな会見だったが、梟雄といわれる道三と似通ったものが信長にも流れていることを感じとっていた。

「婿殿が健勝なようでなによりだ。して、平手殿、与十郎殿、まさか、そのためだけに戦場まで足労されたわけではあるまい」

一転して、道三は鋭い目差しをふたりにむける。

「こたび、参りましたのは、美濃守護土岐様の助命嘆願のためです」

平手が眼光を跳ねかえすようにいう。

「ほう、随分と虫のよい話だな。守護様を助けたくば、鉾をもって我を止めればよい。かつてのようにな」

たちまち、剣呑の気が一室を満たした。

織田信秀と道三は、過去に幾度も干戈を交えていた。大きな衝突は二度。

一度目は六年前の天文十三年（１５４４）、道三が土岐八郎に刺客を放った戦いだ。信秀は、土岐頼充の依頼をうけて土岐頼芸を傀儡としていた道三の居城・稲葉山城を包囲した。だけでなく、信秀は城下に火をつけたのだ。道三が苦心して繁栄させた町は、一瞬にして灰燼に帰した。

が、道三も黙っていない。報復として退却途中の織田軍に襲いかかり、織田家の侍大将を多数討ち死にさせた。

二度目は二年前の天文十七年、道三と土岐頼芸が鉾楯となったときだ。信秀は、土岐頼芸を助けるために大軍を派兵した。野戦で立ちむかった道三だったが、多くの死傷者をだした。この時ばかりは、道三の滅亡も近いと、誰もが思った。

しかし、道三は狡猾だった。尾張の諸侯に、反信秀の兵をあげさせたのだ。本拠地の古渡城を攻められて、信秀は美濃から退却せざるを得なくなった。

そして、道三手強しと見た信秀は、一年前に道三と同盟を結ぶ。

つまり、土岐家を見捨てたのだ。

「大方、かつて同盟していた守護様を見殺しにすれば、弾正忠家の面目がつぶれるという考えだろう。平手殿、甘いな。その程度の毒は食らってもらわねば、わが娘の帰蝶を三郎（信長）殿に娶らせた甲斐もなかろう」

織田与十郎の顔がゆがんだ。

だが、平手はちがう。

「われらの願いが聞きとどけられぬようなら、同盟は破棄させていただくことになりますぞ」

「ほう、外交上手の平手殿とは思えぬ言葉よのう。下手な駆けひきは、自らの首をしめることになるぞ」

明日には、土岐家は間違いなく滅亡する。なれば、美濃国内に大きな脅威はなくなる。一方の織田家はちがう。国内は不穏で、東からは今川家が苛烈な圧力をかけつつある。

「助命嘆願を無視されるようなら、三郎様に嫁いだ帰蝶様にはご帰国いただかないとなりませぬな」

平手の言葉は、道三の臓腑に意外なほど重く響いた。

腹に手をやり、考えこむ。帰蝶が離縁されれば、信長と道三の接点がなくなる。そのことを道三が惜しんでいるのだと気づかされた。あのうつけがどれほどの将に育つか、見届けられないことに、とてつもない未練を道三は感じている。

自嘲が道三の唇をほころばせる。

己に、これほどまでに人間臭い一面があったとは、と軽い驚きさえも覚えた。

平手は、じっと道三の顔を凝視している。

そこまで道三の肚を読んだ上で、駆けひきしているのか。

油断ならぬ男め、と心中で毒づく。

「ならば、籤で決めるというのはどうか」

道三の提案が意外だったのか、平手が不思議そうに首をかしげた。

「籤でございますか」

「わが父が、京山崎の油売りの出自なのは知っていよう。山崎の神人に古くから伝わる神占いで、三度籤というものがある。このような難事は、神に判断をゆだねるのが一番ゆえな」

言いつつ、道三は小姓に籤を用意させた。十枚の紙片のうち九枚に〝滅〟と書き、のこりの一枚に〝生〟と書く。折りたたみ、平手政秀と織田与十郎の前におく。

「平手殿、三回籤をひかれよ。一回でも〝生〟が出れば、守護様は生かしておこう」

「しかし、三回ではこちらが不利」

「嫌なら結構。あくまで、これはこちらの好意。聞けば、弾正忠（信秀）殿のご容態が思わしくないそうだな」

とうとう、平手の顔もゆがむ。

二年前の敗戦以来、信秀が病床に臥していることは帰蝶の報せで知っている。信秀は軽症を装っているが、実は死病ということもだ。

「それがしが〝生〟の籤をひけば、かならず約束は守っていただけますな」

「ああ、守護様のお命は間違いなく保証しよう」

ふたりは同時にうなずき、脇差をそれぞれ手にとった。そして、誓いの金打をする。

さっそく、平手の腕が動く。運試しに、いたずらに時をかけるつもりはないようだ。躊躇することなく、次々と三枚の籤を手にとる。

そして、一枚ずつ開いていく。

一枚目——滅。

二枚目——滅。

三枚目……

隣に座す与十郎が、ごくりと唾を呑んだ。

三枚目——生。

与十郎が、安堵(あんど)の息を盛大に吐きだした。

道三と平手の視線がぶつかる。

「よくぞ〝生〟の籤をひきあてたものよ。いいだろう。守護様のお命は、この道三の名にかけてかならずや保証しよう」

土岐家滅亡の七刻前
——十一月一日　申の刻（午後4時頃）

「ただ、問題は守護様にどこの国へ移ってもらうか、だが」

籤の一枚を指でつまみつつ、道三は平手政秀と織田与十郎に語りかける。

「わかっているとは思うが、今までの轍は踏みたくない」

じろりと道三はふたりを睨む。

土岐家は守護の座をめぐり、一族間の抗争がつづいた。負けた一方は、美濃国外に亡命し、他国の助力を得て何度も国境を侵した。頼芸を生かすのはいいが、野心ある大名に庇護されれば、美濃侵攻の大義名分を与えかねない。

「心得ております。当然のことながら、守護様が朝倉家をたよることは絶対にないようにいたします」

平手が重々しく答えた。土岐一族を擁して、朝倉家は何度も南下してきた過去がある。

「そうなれば守護様を庇護するのは、我ら織田か六角、武田のどれかということになりますな」

織田与十郎が指をおり、周辺の大名家を数えた。

「なんなら、織田弾正忠家が守護様を引きとってもいいのだぞ」

道三はふたりに笑いかけた。織田与十郎の表情が、またしてもひきつる。一方の平手も、わずかに頰を強張(こわば)らせていた。

土岐頼芸を旗印にして、美濃に攻めこむつもりなら攻めてみろといっているのだ。

いや、逆に道三が尾張を攻める大義名分もできる。適当な土岐一族を擁立し、幕府に献金し守護と認めさせればいいだけだ。

「なるほど、それもひとつの手かもしれませんな」

こちらの意図を見抜いているはずだが、平手の表情と口調はもう平静にもどっていた。

道三は、平手の所作を注視する。本当に、織田家は土岐頼芸をかくまうつもりだろうか。

信秀が重病の今、道三に対して勝ち目があるとでも思っているのか。

「守護様がいずれの国に落ちのびるにしても、まずわが織田弾正忠家がお世話した後、しかるべき国へ移っていただくのが最善かと自負しております」

あくまで、一時的な亡命先だと平手は説明する。それを口実に土岐頼芸を手元におき、もし道三が尾張に兵をむけかねない状況になれば他の国へと移す腹づもりだ。

そうやって、道三に対して主導権をにぎる。

あごをなでつつ、道三は黙考した。

気にいらない。さきほどから、平手のいいようにやられている。

が、それと同時に平手の提案が道三にとっても最善手であるのは事実だ。同盟する織田家を経由して他国に土岐頼芸を追放するのが、一番妥当である。

道三と平手は、無言で駆けひきをつづける。

ふと、織田与十郎が明後日(あさって)の方向をむいていることに気づく。窓の外を見ているのか。

首をねじったとき、道三のまぶたが大きく見開かれた。

大桑城から、火の手があがっているではないか。

水色桔梗の旗指物が、次々と朱にそまっていく。

「まさか、城内で裏切り者がでたのか」

平手が、あわてて腰をうかす。

やがて、剣戟(けんげき)の音も聞こえてきた。

「攻めどきじゃあ」

絶叫したのは、道三だった。

平手と与十郎の肩が大きくはねる。

「土岐一族に裏切り者がでたぞ。この機を逃すな」

襖が揺れるほどの大音声で、道三は命令を発する。具足を鳴らし、武者たちが廊下を駆ける音がひびいた。

襖に手をかけ、道三は勢いよく開けはなつ。

「道三様、守護様ご助命の件、くれぐれもお忘れなきよう」

背中から聞こえてきたのは、平手の懇願の声だった。

「安心されよ。約定は、決してたがえぬ」

背をむけたまま、道三は答える。

だが、笑みをかたどる口元は抑えようがなかった。

裏切り者たちにまで、土岐頼芸助命の命令は届かない。

彼らが土岐頼芸の首をあげても、それは約定違反にはならない。

土岐家滅亡の六刻前
――十一月一日　酉の刻（午後6時頃）

――天もわれに味方したか。

夕焼けの空の下、馬上の人となった道三は思わず微笑(ほほえ)んだ。

北西からふく伊吹おろしがやみ、南からふく風に変わっている。

大桑城を攻めんとする斎藤勢の背中を押すかのようだ。

「用意した枯れ草に火をつけろ」

道三が叫ぶと、松明(たいまつ)をもった足軽が走る。このときのために、大桑城のある古城山(こじようさん)のあちこちに枯れ草を仕込んでいた。伊吹おろしがあれば、南に布陣する道三たちが火に襲われかねない。が、風が南からふく今、その心配はない。

壁が立ちあがるように、炎がせりあがっていく。

山上の大桑城へと、一気に駆けあがる。

内側からは内通者が、外側からは道三の燃やした枯れ草の炎が、土岐頼芸のいる大桑城を襲う。

一の曲輪の門に、火が燃えうつった。柱が音をたててきしみ、硬く重い扉が崩れていく。

「攻めろォ。守護様以外は、皆殺しだ」

道三の号令に、斎藤勢が雄叫(おたけ)びをあげる。まだくすぶる枯れ草を勢いよく踏みしめ、焼け落ちた門へと殺到していく。

馬上の道三は、旗本たちとともに一の曲輪へと乗りこんだ。

城のあちこちで、火が燃えあがっている。水色桔梗の旗指物は半分以上倒れ、残る半分は火につつまれていた。鋭くこうべをめぐらし、道三は本丸を睨む。館が見えた。いくつかの矢倉（やぐら）に守られるかのようだ。あそこに土岐頼芸がいる。

「道三様っ」

叫び声がして振りむくと、平手政秀と織田与十郎が足軽たちをかき分けて近づこうとしていた。

「安心されよ。約定は守る」

道三は親子二代にわたり裏切りを重ねたが、三度籤の結果をたがえたことはなかった。このたびもそうだ。

道三は、視線を左右にするどく投げかける。

本丸の隣の二の曲輪が、盛大に燃えあがっていた。返り忠をしめす白旗が、火の粉をまき散らすように激しくふられている。土岐勢の攻撃をうけているのか、激しい剣戟の音も響いてくる。

裏切り者たちは、土岐頼芸助命の下知（げじ）は知らない。内通者に守護殺しの役を担わせれば、三度籤の結果をたがえたことにはならない。

「二の曲輪に援護の矢を放て。ありったけの矢だ」

そうすれば二の曲輪の内通者は自由になり、土岐頼芸のいる本丸の館へと攻めこむはずだ。

夕立を思わせる音とともに、斎藤勢の矢が空をとぶ。

一瞬遅れて、二の曲輪から悲鳴が湧きあがる。

夕焼けは、いつのまにか夜の闇に変じていた。

土岐家滅亡の五刻前
——十一月一日　戌の刻（午後8時頃）

館を守る矢倉が、次々と倒れていく。攻めこんだ内通者たちは白旗を勇ましくなびかせて、とうとう本丸へと雪崩れこんだのだ。

「あああ……」

情けない声をあげたのは、織田与十郎だ。

「道三様、このままでは守護様の身に危険がおよぶ。はよう、軍を本丸へ」

与十郎が、顔を真っ青にして詰めよる。

道三はかぶりをふった。

「一の曲輪と二の曲輪を完全に制圧せねば、危険だ。本丸の裏にも、曲輪がつづいている。

そこからの奇襲も用心せねばならん」

道三の言い訳に、与十郎が歯ぎしりをする。平手の方はなかばあきらめているようで、苦い表情で本丸の攻防に目をやっていた。

「よし、そろそろだな。本丸に攻めあがれ」

剣戟よりも悲鳴のほうが十分に大きくなってから、道三は号令をくだす。

一の曲輪、二の曲輪を、自ら先頭に立って駆けぬける。倒れた矢倉の前で刀をぬき、旗本たちと館へと突入した。

「探せ、守護様をわが前へと連れてまいれ」

廊下を走りつつ、道三はさけぶ。

見知った顔の武者が、大勢倒れていた。土岐頼芸の近習(きんじゅ)たちである。

うつ伏せになった骸(むくろ)に、目がむく。背格好が土岐頼芸にそっくりだった。骸を蹴り仰向(あおむ)けにして、顔を確かめる。

ちがう、こ奴ではない。

「どこだ。守護様はどこにいる」

旗本や内通者たちは目を血走らせ、あちこちを駆けまわっていた。

いくつもの部屋を、道三たちは土足で通りすぎる。

押入れを開け、天井や床を槍で破る。

だが、いない。

「くそ」

床の間にある、鷹の絵のかけ軸を道三は乱暴に引きちぎった。

「だめです。どの部屋にもいません。厠もです。床下も探していますが……」

悔しげな旗本の口調から、頼芸に逃げられたのだと悟る。

「梯子を屋根にかけろ」

庭にでて、鎧をきたまま素早く梯子を登り、瓦を踏んで辺りを睥睨した。

攻めこんだ逆側には曲輪がつづき、水色桔梗紋の旗指物が無傷でひるがえっていた。

あそこに、逃げられたのか。

炎は弱くなり、周囲の闇が濃くなろうとしている。これ以上攻めれば、同士討ちを招きかねない。

唾を吐きすてた。

「兵を休ませろ。残りの曲輪は、明朝に攻める。だが、包囲はゆるめるな。一兵たりとも逃すことは許さん」

土岐家滅亡の三刻前

――十一月二日 子の刻（午前0時頃）

道三は、暗闇のなかで朝を待っていた。

土岐頼芸のいた館の一室で、静かに座している。

あわただしく骸を片付けたせいで、部屋には死臭が濃くただよっていた。薄暗くてよく見えないが、壁には血糊も残っているはずだ。

だが、気にならない。

すでに己の手は、もっと汚いもので穢れている。

数人の旗本は声を殺し部屋の四隅にひかえており、彼らの呼吸によって燭台のか細い火が揺れていた。

父の松波庄五郎のことを考える。応仁の乱で焼かれた京から、逃げるようにして諸国を旅した。油を糸のように垂らし銭の穴を通過させる大道芸が得意で、その技だけをたよりに、親子ふたりで流浪した。そして、美濃にきたとき油売りの芸をおもしろがられ、長井家につかえることができた。

あれ以来、京の山崎には帰っていない。

道三はまぶたを閉じた。

睡魔が、油を垂らすように滴りおちる。

川が流れる音が、耳朶をなでた。

暗がりが、ゆっくりとうすくなる。

どうやら、夢を見ているようだ。

眼前に、巨大な水の流れがあらわれる。

どこかで見たことがある川だ。

これは、淀川か。

道三と父の故郷、山崎の風景ではないか。

なぜか、懐かしいとは思わなかった。

川にそってつづく西国街道を、駆けあがる軍勢がある。見たこともない馬印を掲げていた。

一体、どこの軍勢だろうか。

行軍する先には、鶴翼に陣をはる軍勢が待ちかまえていた。

林立する旗指物は——

「道三様」

呼びかけられて、まぶたがあがる。

襖の外から声が聞こえてきた。

「何事だ」

音もなく、襖がひらく。

「さきほど、敵の武者がひとり、我らの陣に駆けこんでまいりました」

「裏切り者か」

「はい、首櫃(くびびつ)をもっております」

つまり、敵将の首を手土産に投降してきたのだ。

「まさか、守護様の首か」

期待が、道三にそうたずねさせた。

「それが……」

言いよどみつつも、使番(つかいばん)はつづける。

「その者が申すには、土岐一族のやんごとなきお方の首だと。道三様直々(じきじき)に、首実検をお願いしたい、と。それまでは余人の目にふれさせるわけにはいかぬ、と」

「では、誰の首かは確かめておらぬのだな」

「その武者は、頑なに見せるのを拒否しております。どうも、うかうかと白状すれば、手柄を横取りされると思っているようです」

道三は苦笑をこぼした。道三や父の松波庄五郎は、味方の手柄を何度も奪った。その家風は、部下にも染みついている。下克上で成りあがった道三の家中では、首を奪われるほうが間抜けなのだ。

聞けば、土岐一族の首をもってきた男も、土岐家の支族のひとりだという。きっと、北の山から入城した者たちだ。

「わかった、庭にとおせ。わしが直々にあってやる」

土岐家滅亡の二刻前

——十一月二日　丑の刻（午前2時頃）

どこで話を聞きつけたのか、庭に面した広縁には平手政秀と織田与十郎のふたりがすでに座していた。いくつもの篝火が、火の粉をまき散らしている。庭の中央にいるのは、陣羽織を着込んだ若武者だ。額を地につけ、這いつくばるように平伏していた。広い月代と黒く豊かな髪が目についた。体つきや雰囲気から、歳のころは二十代の半ばと判断する。右脇にかかえているのは、漆塗りの首櫃だ。

「道三である。顔をあげよ」

若武者の上半身が持ちあがる。太い眉と高い鼻梁が精悍さを醸していた。頬には、泥とすり傷がいっぱいについている。陣羽織の胸の部分には金糸の刺繍があり、土岐一族であることを示す桔梗の紋があった。

「名を、十兵衛といったか。で、誰の首をもってまいったのだ」

十兵衛と呼ばれた若武者は、右脇にかかえていた首櫃を前においた。

蓋をとると、塩がびっしりと詰めこまれていた。

「土岐一族の首というが、土岐一族にはお主のように支流末葉も多い。木っ端武者の首ならば、容赦せぬぞ」

道三が眼光を強めるが、若武者はひるまない。両膝をすって前へとにじり、両手にもつ首櫃を近づけてきた。

「わたくしめが討った首は、土岐八郎様のものです」

どよめきが庭に満ちた。

土岐頼芸の弟で、かつては美濃の大軍を采配した男だ。道三が刺客をはなち深傷を負わせたが、行方知れずとなってしまった。

「八郎様は六年前に死んだと思っていたが……」

「まさか、大桑城に義兵として参加していたとはな」

旗本たちが口々にささやく。

若武者の答えに、すくなからず道三も衝撃をうけていた。が、努めて平静を装う。

ちらりと横を見ると、平手と与十郎が険しい顔で若武者を睨んでいた。

「土岐八郎様の御首ならば、わし自らが実検せねばなるまい。よし、十兵衛と申したか。首をだせ」

若武者が塩のなかに両手を突っこんだ。黒々としたものを取りだす。首の後頭部だ。それを蓋の上におく。

道三は、左まぶたを閉じる。

首実検のときは、右目だけで見るのが作法だ。

蓋の上の首が、道三の右目の前へとやってくる。うなじの毛が見えた。

若武者がゆっくりと蓋を回し、首の顔相があらわになる。

突きでた頬骨と厚い唇に見覚えがあった。まちがいなく、土岐八郎だ。土気色にそまった肌には、生前の艶や潤いは微塵もない。

ぞわりと、道三の全身の毛が逆立つ。
なんだ――これは。
この首は、何かがおかしい。
まさか、土岐八郎の首ではないのか。
いや、ちがう。
まちがいなく、八郎だ。
では、この強烈な違和感はなんなのだ。
そうか――
首の肌だ。
干し肉のように、干からびているではないか。
これは、何年も塩につけた首だ。
今日の戦でとった首ではない。
では、なぜ、この若武者は討ちとった首だと嘘偽りをいう。
道三の本能が、左まぶたをこじあける。
首がのる蓋をもつ若武者の両手のうちの片方がない。
左手だけで、蓋をもっている。

右手は――
道三の首へとのびようとしていた。
きらりと光るものが、にぎられている。
銀色に輝くのは、短刀だ。
「道三、死ねェえい」
八郎の首を放り投げ、若武者が叫ぶ。
あまりのことに、道三は反応できない。
若武者の凶刃(きょうじん)が、首筋に吸いこまれていく。
血がほとばしった。
道三の頬に、容赦なくふりかかる。
凶行におよんだ若武者が、顔をゆがめていた。
血は、道三の首から流れたものではない。
若武者の右手首からだった。
きっさきが手首に深く食いこみ、若武者のにぎる凶刃を寸前で止めていた。
道三は、己を守った刀を視線でたどる。
片膝だちになった平手政秀が、腰の刀を居合で抜きはなっていた。

若武者がもっていた短刀が、ぽとりと道三の膝元に落ちる。

平手が刀をもどすとき、弾みで若武者の手首から血が噴きだし、道三の顔にまた降りかかった。

「ろ、狼藉者めが」

旗本たちがあわてて、若武者に組みつく。利き手を斬られたせいもあってか、あっという間もなく組み伏せられた。

その様子を確かめてから、平手政秀はゆっくりと刀を鞘へと納めた。

「危ないところでしたな」

その声には、感情がこもっていなかった。いや、どこか道三を助けたことを後悔さえしているようにも聞こえた。

「礼をいうべきかな」

袖で顔の血をぬぐいつつ、道三はきいた。

「いえ、当然のことをしたまでです。ただ、そのお気持ちがあるなら、将来の我らが主、三郎様に目をかけていただければ幸いです」

浅く一礼して、平手政秀は何事もなかったかのようにもとの位置に座した。

隣の織田与十郎は、ぽかんと口を開けて騒動の一部始終を見ていただけだった。

土岐家滅亡の一刻前
——十一月二日　寅の刻（午前4時頃）

道三の足元には、縛られた若武者が転がっていた。縄が陣羽織に深く食いこみ、胸の桔梗紋がつぶされている。

「なぜ、お主が八郎の首をもっている」

問いかけられた若武者は、道三をじろりと睨む。

「六年前だ。道三、貴様が八郎様に刺客を差しむけたのは覚えていよう。あのときだ」

若武者がいう。まだ少年だった彼の前にあらわれた手負いの八郎は、介錯をたのんだという。そのとき、八郎はこうもいった。己の首を餌に道三に近づき仇を討ってくれ、と。

支流とはいえ土岐一族の少年に、否はなかった。ただ、大人になっていない体で仇をとるのは難しいと考え、今まで雌伏していたという。

「なるほどな。しくじったとはいえ、知略と度胸は大したものだ。褒めてやるぞ」

本心からの道三の言葉だったが、若武者の表情ははげしくゆがむ。

「覚えていろ」

赤い唾をはきつつ、若武者は叫ぶ。

「おれは貴様を呪い殺す。首をはねられても、怨霊となって貴様らの前にあらわれる」

すでに死の覚悟はできているのか、言葉に恐れの色はなかった。

「いや、道三だけではないぞ」

若武者は、縛られた体を無理やりにねじった。目差しの先には、平手政秀や織田与十郎らがいる。

「織田家もだ。土岐家を見捨てた弾正忠(信秀)めも許さん」

「なんだと」

「よせ」

にじる与十郎を制したのは、平手だ。

「弾正忠だけではない。その子で、道三の娘を娶った三郎もだ。冥土に送られても、貴様ら三人だけはかならず呪い殺してやる。土岐家を滅亡に追いやった者は、みな地獄に送ってやる」

「つまらん、たわごとだな」

道三は、ため息を吐きだした。

失望が、胸から噴きでるのを止められない。

「屈辱に耐え、生きのびようとは思わぬのか。命乞いしてみろ。なぜ生きて、己の体で復讐を成し遂げようとは考えぬのだ」

若武者は、歯ぎしりの音を漏らす。

「だが、八郎様の首をもって、わしに近づいた智謀は気にいった。助命してやろうか」

「なに」

「無論、条件はある。運試しをしてもらう。当たり前であろう。十兵衛とやら、この場で首をはねられても、なんの文句もいえぬ立場なのだからな」

道三が用意させたのは、昨日、平手らにひかせた籤だった。九枚の〝滅〟と一枚の〝生〟の籤がはいっている。

「わが故郷の山崎の神人につたわる神事――三度籤だ。お主に三回、籤をひかせてやる。一枚でも〝生〟と書かれたものが出てきたら、助けてやる。そのあとは、自由にしろ。わしを殺すもよし、仇討ちをあきらめてとっとと逃げるもよしだ」

目の前に積まれた籤の山を、ただ若武者は見ている。

「ひかぬのなら、首をはねるまでだ。生きて復讐の道を選ぶのではなく、死して呪殺の道を選ぶとはな。斜陽の土岐一族らしい考えよ」

道三は、嘲笑をまき散らした。

「黙れ」と、足元から声が聞こえてきた。

「ほう、では、籤をひくか」

「本当に見逃すのか」

「信じられぬなら、三度籤をひかねばよいだけだ」

「恩などにはきんぞ。かならず、貴様を殺す。弾正忠と三郎にも復讐する」

「くどい男だ。どうする、やるのかやらぬのか。どっちだ」

しばしの沈黙の後、「やる」と声が聞こえてきた。

縛られたまま、若武者が無理やりに首をのばす。そして、一枚の籤をくわえた。

旗本にとらせて、道三が受けとる。

歯形と唾液のついた紙片を、道三はめくった。

そして、みなに見せつける。

——滅

「あと、二度だ。心してひけ」

さらに若武者が籤をくわえる。

また、道三が開き、結果をみなに見せつけた。

またしても、滅。

「最後の一枚だ。覚悟を決めろ」

いつのまにか、若武者は肩で息をしていた。脂汗が噴きでて、寝そべる地面を湿らせている。

気づけば、南からの風は止(や)んでいた。北西から、冷風が吹きつけている。

伊吹おろしが復活したのだ。

冷風が庭をなでて、籤がすべるように動く。

「くあ」とうめき、若武者はそのうちの一枚をくわえる。

その間、道三は旗本のひとりに目配せしていた。旗本は若武者に近づき、すらりと刀をぬいて頭上に刃をかかげる。

断頭のかまえで、若武者の首に狙いをつけていた。籤をくわえた若武者の歯が鳴っている。

生への望みが恐怖にかわり、若い五体を蝕んでいるのだ。

道三は若武者の口に腕を近づけ、自らの手で籤をもぎとった。

ゆっくりと開く。己にしか結果が見えぬように、掌(てのひら)で隠した。

庭にいる、全員の目差しが道三に集まる。

道三は、ゆっくりと口を開いた。

「残念だったな」

若武者のまなこが、極限まで見開かれる。

道三の右手がゆっくりと持ちあがった。

断頭のかまえをつくる旗本が、気合いの声をあげる。

「や、やめろォ」

悲鳴に、旗本が振りおろす刃のうなりがかぶさった。

土岐家滅亡の刻

——十一月二日　卯の刻（午前6時頃）

道三の手のなかにあるのは〝生〟と書かれた籤だった。

目を足元にやると、若武者が口から泡をふいて気絶している。首は胴体とつながり、血は一滴たりとも流れていない。死んではいない。その証拠に、縛られた手足が激しく痙攣している。

「残念だったな」とは、若武者を処刑できぬ己にかけた言葉だ。

右手をあげれば助命、左手ならば断頭と最初から決まっていた。刃を振りおろしたのは、ただの遊びだ。

「どこぞへと捨ててこい。縄は切らんでいい。そこまでしてやる義理はないだろう」

首をふって、いけと命令する。

旗本が、ふたりがかりで若武者を引きずっていく。そのむこうからやってくるのは、伝令の使番だ。道三の前でひざまずき、「お耳を」と小声でいった。

「さきほど、守護様がわが陣に投降されました」

「まことか」

「はい。今は、竹腰様の陣におります」

顔を横にむけた。平手と与十郎が、引きずられる若武者を見つめている。

「どうします」と、使番は低い声できく。

平手らに黙って土岐頼芸を殺すのか、ときいているのだ。

道三は嘆息をこぼす。悪逆の限りをつくしたが、三度籤の結果に背いたことだけはない。

土岐頼芸を殺すことは、もうできない。

応仁の乱からはじまった、親子二代にわたる下克上の旅の終着点が、こんなつまらない結末なのか。

そう思うと、またため息が唇をこじ開けた。

「平手殿、与十郎殿、守護様が投降されたそうじゃ」

平手と与十郎が、あわてて道三に顔をむけた。

「あとは、おふたりにおまかせしよう。竹腰の陣を訪ねられるがいい」

与十郎は疑わしげな目をむけるが、平手はちがった。

「道三様のご流儀、しかと見届けました。感謝いたします」

一礼とともに、ふたりはきびすをかえす。

まだ引きずられる若武者を迂回して、平手と与十郎は庭を出ていく。

「そういえば、あの若造――十兵衛といったか。あ奴は、どこの土岐家の一族なのだ」

特に興味があるわけではなかったが、近くにいた旗本のひとりにきいてみた。

「明智城の土岐一族のひとりで、名を明智十兵衛と申します」

「明智十兵衛か」

なんとつまらぬ響きであることか。こんなことならば、三度籤などせずに殺してしまえばよかった。

「ふん、で、奴の諱(いみな)はなんという」

「はい、たしか……」

旗本が教えてくれた名を聞いた刹那、なぜかぞくりとうなじの毛が逆立った。

若武者の名を、慎重に心中で復唱する。

——明智光秀

その響きは、道三の五体をはげしく戦慄(おのの)かせた。

明智光秀——なんと美しく危うい名前なのだ。

美妓(びぎ)に愛撫されたかのように、道三の体が大きくふるえる。

「明智光秀か」

若武者を引きずっていた旗本たちが足を止めた。

道三は、粟立つ己の肌をなでながら考えた。

明智光秀は、一体、どんな男に育つだろうか、と。

道三と織田信秀、そして織田信長に対する異常なまでの復讐心を、どのように育(はぐ)くんでいくのだろうか、と。

「残念だ」

「なにがでございますか」

部下たちの問いかけは無視した。

道三は、己の末路が悲惨なものになることを自覚している。親子二代にわたって下克上を繰りかえした。因果応報となって、己の身にふりかかる。きっと、死病である織田信秀のあとを追うように自滅するはずだ。

信秀と道三が死んだからといって、十兵衛こと明智光秀の復讐心が下火になるとは思えない。

残る織田信長に復讐の刃をむけるはずだ。

光秀と信長――ふたりのあいだで一体どんな復讐劇が繰り広げられるのだろうか。

それを現世で見届けられぬのが、残念だ。

「十兵衛、いや明智光秀よ」

若武者の体から、うめき声が漏れた。

「もし、お主が三郎に――織田信長に復讐をなしたいなら、わしを見習え」

倒すべき仇に敵として立ちむかうのではなく、倒すべき仇の家臣となり、のしあがり寝首をかく。そうやって、道三は土岐家を下克上した。

それが復讐をなす、もっとも確実な道だ。

「その方法ならば――お主ほどの才覚と覚悟があれば、本願成就もたやすいだろう。だが、覚悟しておけ。我ら親子二代が歩んだ道は、血の道だ。末路は悲惨ぞ」

道三は、不思議だった。

語りかける己の言葉には、なぜか愛情のようなものさえこもっていたからだ。

「明智光秀よ、下克上の道を歩み、極めろ。その様を、わしは冥府で見届けてやる」

道三は手をふって、旗本たちにいけと命じた。

すぐに、明智光秀の姿は見えなくなる。

目をとじた。朝日がのぼったのか、じんわりと道三の体が温かくなる。

数刻前に見た、夢を思いだす。

故郷山崎の西国街道を、蹂躙するように突きすすむ大軍。先頭に翻っていたのは、瓢箪をいくつも束ねた馬印だった。あんな馬印を、道三は知らない。

奇妙だったのは、瓢箪の馬印が永楽銭の旗指物を従えていたことだ。

永楽銭は、織田弾正忠家の旗指物だ。瓢箪の馬印の将――道三でさえ知らぬ男が、織田弾正忠家さえも呑みこむというのか。

そして、その前に立ちはだかっていた鶴翼の陣をしく軍勢には、水色桔梗の旗指物が林立していた。

先頭にいる老いた将は、誰だ。

高い鼻梁と大きな瞳に見覚えがある。

明智光秀か。

嚙みつくかのように、道三はまぶたをあげた。

明智光秀の下克上の終着点が、道三の故郷の山崎だとしたら、なんという皮肉だろうか。

いや、これが運命というものの不思議さか。

目差しをめぐらすと、攻めおとしていない曲輪が見えた。

水色桔梗の旗指物が、陽光をうけて風になびいている。

「守護様は、さきほど平手様らが引きとったそうです。さて、大桑城に残る土岐一族ですが、いかがいたしましょうか」

旗本のひとりが、道三が見つめる曲輪の一角を指さした。

「皆殺しにしろ。助命の約定は守護様だけだ。容赦はするな」

予想していたのか、旗本たちが一斉にこうべを垂れた。

そして走りだす。

斎藤勢の陣のあちこちから、殺気が立ちのぼる。

おののくように、水色桔梗の旗指物が揺れた。

〝生〟と書かれた籤を握りつぶし、道三は戦場へと足を運ぶ。

陣太鼓と法螺貝(ほらがい)、鬨(とき)の声が大桑城を圧し、伊吹おろしさえも山のかなたに押しもどすかのようだった。

厳島残夢

天文二十四年（1555）十月一日
未の刻（午後2時頃）
この十二刻（24時間）後、
厳島の合戦に勝利する。

すでに十全の策はうっていた。

日の沈むのを待ち、出撃し戦うだけだ。

だからではないだろうが、毛利元就(もうりもとなり)は時を持てあます。

九歳のころから慣れ親しんだ戯れに興じ、日が昏(く)れるのを辛抱強く待っていた。

目の前には海があり、三十町（約三・三キロメートル）ほど隔てて厳島(いつくしま)神社をもつ厳島が見える。旗指物(はたさしもの)や旒(はたあし)（吹きながし）が翻(ひるがえ)り、神の島に色を塗るかのようだ。

陶晴賢(すえはるかた)を総大将とする二万の軍勢が、厳島にある毛利方の宮尾城(みやおじよう)を攻めているのだ。対する元就は援軍を対岸の地御前(じごぜん)に集結させたが、総数は四千程度。

波がやってきて、元就のつま先を濡らす。厳島をのぞむ波打ち際だった。

もってきた小石を右手でつまみ、砂浜の上にならべる。

「薩摩(さつま)、大隅(おおすみ)、肥後(ひご)……」

まずは九つの石で、九州の形をつくった。

「阿波(あわ)、土佐(とさ)、伊予(いよ)……」

次に四つの石で、四国を。

「長門（ながと）、周防（すおう）、安芸（あき）……」

つづいて、今いる中国の形にならべる。そうやって六十余州の石をならべ、日本の形をつくっていく。童（わらべ）のころからの手遊びで、ならべる順番も決まっており、目をつむってもできる。

事実、できあがる日本の形は童のころとほとんど変わらない。

変わったのは、ならべる元就の手だ。数えで五十九歳の指は節くれだち、拳には合戦でできた傷がいくつも刻まれていた。

潮の飛沫（しぶき）が頬をなでる。

大きな波が打ちよせて、石でできた日本を一気に呑みこみ、元就の足の甲まで濡らした。

掌（てのひら）で砂粒を払い、立ちあがる。身にまとう具足（ぐそく）が、音を奏でた。

「また、石遊びでございますか。そのお歳（とし）になっても、相変わらずでございますな」

後ろから、しゃがれた声がやってきた。

振りむくと、ひとりの老将がたっている。元就も老齢だが、この男はそれ以上だ。長い眉は筆の穂先を思わせ、胸まで垂れた鬚（ひげ）は真っ白である。肌は枯れた樹皮のようになっていた。

志道瑞如（しじずいにょ）――父、兄、甥、そして元就と毛利家四代にわたってつかえる股肱（ここう）だ。

もともと毛利家は、元就の兄とその子の幸松丸が嫡流だった。志道瑞如は傍流にしかすぎなかった元就の才をいち早く見抜き、甥の幸松丸早逝後は強力に元就を支持し、軍師として支えた。

まるで朋輩のように、老軍師は元就の横にならぶ。そして、足元を見た。石はすこし崩れてはいたが、日本の形をしていることは読みとれる。

老軍師の頬が柔らかく動いた。

「若きころの夢を、まだお捨てになっていないようですな」

「当たり前だ。わしは、いずれ日本六十余州の主となる。このまま、安芸一国の主で終わるつもりはない」

一国の主で満足するならば、どうして四千の兵で二万の陶晴賢の軍と渡りあう愚を犯すだろうか。また大きな波がきて、石でできた日本をなでた。

天下の主となる――この夢は昨日今日誓ったものではない。ちょうど五十年前、元就が数えで九歳のころだ。最初に誓った場所は、ここではない。

今、陶晴賢の二万の軍がひしめく、厳島だ。

永正二年（1505）春――

本州の山々とそれを隔てている瀬戸内の海を借景とした赤い鳥居は、まるで海から生えているかのようだった。幼い元就が首を背後にやると、漆と瓦で彩られた厳島神社の社殿が鎮座している。参拝を終えた部下たちがくるのを、小姓たちと一緒に待っていた。社殿と鳥居のあいだには浜があり、そこにしゃがみこむ。退屈を持てあます小姓の欠伸が、松寿丸と名乗っていた元就の背中をなでた。

元就は石をつまみ、ならべていく。自分の記憶を慎重にたどりつつ、日ノ本を形づくる。首から下げた紐がゆれて邪魔だった。先端に縛りつけられた袋には、小石のようなものがはいっている。肌身離さずもっていろと、父からいわれたものだ。ふと、そのなかのものを、日本六十余州のどれかの石と替えてみようかと考えがいたる。

袋の封を解こうとしたら、声がかかった。

「松寿丸様、お待たせしました」

部下たちがもどってきたのだ。そのなかには、志道瑞如もいる。もっとも、当時の彼の名乗りは瑞如ではなく太郎三郎だが。

紐を首にかけなおし、袋を懐の奥へねじこむ。小姓や部下たちに導かれ、幼い元就は船着場へと歩いていった。

「松寿丸様は、願文に何を書かれたのですか」

部下のひとりがそう問うてきたので、幼い元就はきた道を振りかえった。石でできた日本がちらりと見える。

「日本六十余州の——天下の主になりたいと願文した」

とたんに部下たちが吹きだした。

「どうして笑うのじゃ」

「笑いもしましょう。日本の主などと、また大言を」

だが、ひとりだけからかわぬ男がいた。長く太い眉をもつ太郎三郎こと、志道瑞如だ。

「では、お主たちは何と願文したのじゃ」

やりかえすようにして、幼い元就はきいた。

「はい、我ら毛利家が安芸国の主になるように、と願文を奉納しました」

毛利家は、安芸国の吉田盆地一帯をわずかに支配するにすぎない。そう考えれば、安芸一国でさえ途方もない夢だ。

だが、幼い元就の考えはちがった——

波が押しよせて、元就を回想から引きはがす。足元にある石の日本地図を呑みこむ。波が退いたときには、石の半分ほどが砂のなかに埋まってしまっていた。

元就の記憶はここからあやふやだ。部下の言葉に反発したことだけは覚えている。後に志道瑞如が振りかえるには、元就は家臣たちにこう語ったという。

『天下の主たらんと祈願して、そのうちの百人にひとりがやっと中国の主になることができよう。安芸一国を目指していれば、せいぜい一郡を保つだけで終わってしまう』

そして、今、中国の覇権を争うまでに元就は成長した。費やした五十年という時間が、短かったのか長かったのかはわからない。

毛利家の属していた大内(おおうち)家は、家臣の陶晴賢に下克上(げこくじょう)された。四年前、天文二十年(1551)のことだ。大内家を乗っとった陶家は、次は毛利家を攻め滅ぼさんと鉾(ほこ)をむけた。

いや、むけさせたというべきか。虚報をながし、厳島の宮尾城を陶家に攻めさせたのだ。狭い平地と港に敵は集結している。奇襲の絶好機だ。

「天下を目指すには、陶五郎(ごろう)(晴賢)めを討たねばならん。今がその好機だ。わしは決して退かぬ」

元就の言葉を黙って聞いていた志道瑞如は、膝をついて砂のなかに埋もれた石をひとつ拾いあげた。

「松寿丸様のその覚悟、懐かしゅうございますな」

志道瑞如は、元就を童のころの名で呼んだ。

「天下の主たらんと祈願して、その百人にひとりが中国の主になれる。十に満たぬ童が、こうまで端的に乱世の本質を見極めていることに驚愕いたしました。この志道、その才に惚れ、今まで粉骨砕身を惜しみませんでした」

石についた砂を、志道瑞如は丁寧にとり払う。

「若きころよりお慕いする松寿丸様なればこそ、申さねばなりますまい。こたびの合戦は、毛利家の覇道のためには避けてはとおれませぬ。なれど、戦いに勝った後は、夢を捨てていただきとうございます」

「夢を捨てるだと」

「はい、天下の主という夢です」

また波がきて、ふたりのつま先をなでた。

「どういうことだ」

語調と眼光が強まるのを、元就は止めることができない。

「盛者必衰（じょうしゃひっすい）の理（ことわり）です。頂（いただき）を極めた者は、かならずや滅びます。この老体が松寿丸様を補佐したのは、毛利家を永らえさせるため。決して、天下の主とするためではありませぬ」

「それは、今までのわしの生き方を否定するに等しい」

志道瑞如は、ふうと息を吐きだした。白鬚が、はかなげに胸の前で揺れている。心なしか風が強くなっていた。西の空も雲でかげりはじめる。

「われら志道一族の力なくして、毛利家の繁栄はあるとお思いか」

「わしを脅す気か」

「松寿丸様とそのお子たち、何より毛利家の将来を考えてのことです」

「くどい」

また、志道瑞如はため息をついた。

沈黙が流れる。数度波が打ちよせた。石でできた日本は、砂中にほぼ埋まってしまっている。

「三人のお子を連れて、厳島神社に参拝にいったことを覚えていますか」

志道瑞如の問いかけの意図はわからなかったが、元就はうなずいた。

今より十六年前の天文八年、陶晴賢が家督を継いだときだ。当時は、陶も毛利も大内家の傘下にあった。陶晴賢が家督を継いだ祝いに、大内家の家臣たちと厳島神社へとわたったのだ。元就も、三人の子をともなっていた。そのときの三子は、今は元服している。

毛利隆元

吉川元春

小早川隆景と名乗り、こたびの合戦でも軍をひきいる侍大将に成長した。

「そこで、三子は願文を奉納されました。その願文を見るのです。三子のうちひとりでも〝天下の主〟と祈願していれば、松寿丸様の野心にわれらも従いましょう。志道一族は、毛利の天下取りのため、捨て駒となって働きます」

また波がきた。勢いのある波は、元就の足の甲まで海水に浸らせる。

「もし、わが子が天下の主と祈願していなければ」

「松寿丸様の夢、あきらめていただきます」

「いいだろう」と即決した。

元就は五十九歳、天下取りの夢は次代に託さざるをえない。もし子らが、安芸一国の主や中国の主程度の野心しかもたぬなら、天下取りなど最初から夢のまた夢だ。

もっとも、その前にやらねばならぬことがある。

陶晴賢――厳島に陣取る強敵を倒さねばならない。

厳島の合戦勝利の十刻半前

——十月一日　酉の上刻（午後5時頃）

日は半分ほど沈み、瀬戸内海の島々を黒と朱に塗りわけようとしていた。

昏くなる空の下で、地御前の港に布陣する毛利家の武者たちが、粛々と出陣の支度を進めている。刀や槍、弓などの武具を検めて、最後に目印のための縄だすきを肩にかけた。

日没と同時に出港すると決めている。夜の海を人知れずわたり、陶晴賢の本陣を奇襲するのだ。勝利するには、これしか手はない。

元就は深く息を吸い、長く息を吐いた。それを何度も繰りかえす。

「くる」と、つぶやいた。

みなが、西の空を一斉に見た。

夕日が、急速にかき消されようとしている。黒雲が湧きでているのだ。

湿気をたっぷりとふくんだ風が、元就の髪をゆらす。

次にきた湿った風は、大木の枝をしならせるほどの強さを伴っていた。

砂粒が顔に当たり、停泊する毛利の軍船も右に左に大きく揺れはじめる。

追いかけるようにして、横殴りの雨がやってきた。

「雨だ」

「風も強いぞ」

兵たちがいった瞬間、稲光も走る。

雨と風、そして雷が辺りに満ちる。

「いかがいたします」

さきほどから影のようによりそっていた志道瑞如が、ささやくようにきいた。

「知れたこと。これぞ、天の扶けだ。雷雨にまぎれて、出航する」

不敵に笑おうとしたが、頬は硬くこわばり無理だった。

この嵐は、あまりにも危険だ。下手をすれば厳島につく前に、軍船が沈んでしまう。だが、嵐がやむのを待てば、奇襲の機を失う。

「志道、お主も今こそ出港すべきだと思っているのだろう」

「はい。しかし、ひとつお願いがあります。三子のうち、誰かおひとりはここ地御前にお残しください」

もし船が沈み、元就や三人の子が溺死すれば、毛利家は滅亡してしまう。万一に備え、元就の血をひく子は温存しておくのが良策だ。

常ならば、元就は志道瑞如の言に従ったであろう。だが、今はちがう。

元就は、船同士がぶつかりあう荒海を指さした。

「いや、それはしない。三子すべてを連れて、この海をわたる」

志道瑞如の長い眉がぴくりと動いた。

「それは、蛮勇のたぐいですぞ」

そんなことは百も承知だ。だが力を出し惜しみしては、あの陶晴賢には勝てない。

何より――

「志道よ、ひとつ謝らねばならん」

「なんでございますか、この期におよんで」

「幸松丸様のことよ」

兄の子で、先代の毛利家の当主だ。しかし、三十二年前の大永三年（１５２３）に九歳の若さで早逝した。

「幸松丸様がどうしたと」

途中で何かを悟ったのか、志道瑞如は目を見開く。

「まさか……」

稲光と雷鳴が襲ってきた。西の空を蝕んでいた黒雲は、すでに元就の頭上をこし東の空にまで到達している。土砂降りの雨が、ふたりを呑みこんだ。

「そうだ。幸松丸様に、毒をもった」

志道瑞如の体がかすかにふるえた。

「幸松丸様の器量では、この乱世は乗りきれん。そう思ったゆえだ」

志道瑞如は無言だ。ただ、体を強張(こわば)らせている。

志道家は、毛利家の血族のひとつだ。ときに元就以上の悪辣(あくらつ)な謀(はかりごと)をなすこの老将だが、それはすべて毛利家の繁栄のためである。

逆にいえば、志道瑞如は間違っても毛利家の一族を害することはしない。

だが、元就はちがう。己の野心のためなら、血族を手にかけることも厭(いと)わない。

「もう後戻りはできん。するぐらいなら、あのとき幸松丸様を手にかけなかった」

荒れる海へと元就は目をもどした。

強い雨のせいで靄(もや)がかかり、対岸にある厳島は見えなくなっている。

「勝利が得られぬなら、滅ぶのみだ。余力を残して、どうやって陶に勝てようか」

拳を高々と天につきあげた。そして、兵たちに下知(げじ)する。

「今すぐに乗船しろ。海をわたる」

稲光が走り、元就の視界を白く塗った。

数拍遅れてから、凄まじい雷鳴が毛利軍を襲う。

厳島の合戦勝利の九刻前
――十月一日　戌の刻（午後8時頃）

強風にもっていかれぬように、船の帆柱は倒していた。櫂だけの力で、毛利の軍船は荒れる海をわたっていく。礫のような雨をうけつつも、元就は船の舳先に立ちつづけた。

毛利軍は二手に分かれ、嵐の海を進んでいる。本隊は元就がひきいている。

嫡男の毛利隆元、次男の吉川元春を従え、目指すは厳島の浜だ。地御前から見えていた、厳島の北岸は目指さない。そこには陶晴賢の二万の軍勢が集結しているからだ。迂回して、東岸の包ケ浦の浜を目指す。上陸後は山を越え、陶軍の背後をつく。

もう一隊は、三男の小早川隆景がひきいていた。こちらは地御前からつづく岸にそって西へ進み、対岸の陶の軍勢を左手に見つつ通過する。陶軍の目を惹きつけるためだ。

そして、夜明けとともに途中で折りかえし、陶軍の正面から攻めかかる。

灯りは、元就の船の舳先に焚かれる篝火がひとつ。それ以外はない。

背後では、船のきしむ音が響きわたっている。時折、空を稲光が走り、隠密行動をする毛利の船団を照らしだす。

「陶五郎、待っておれ」

元就はつぶやいた。五郎とは、陶家の当主が代々名乗る仮名（けみょう）である。

そういえば、ずっと過去、応仁の乱のころにも陶と毛利は戦っている。

元就の祖父の代のころだ。

陶晴賢の曽祖父・陶〝五郎〟弘房（ひろふさ）は、西軍の大内政弘（まさひろ）の片腕だった。赤糸縅（あかいとおどし）の鎧に身を包み、赤鬼と恐れられた。一方の元就の祖父の毛利〝治部少輔（じぶのしょうゆう）〟豊元（とよもと）は、当時は東軍の赤（あか）松（まつ）家にしたがい京で戦っていた。噂では、相国寺（しょうこくじ）合戦で陶〝五郎〟弘房に槍を突きつけたのは、元就の祖父の毛利〝治部少輔〟豊元であるという。この相国寺合戦の傷がもとで、陶〝五郎〟弘房は落命してしまった。

強い風雨が打ちつけ、口のなかに雨滴が侵入してきた。

先祖の因縁に思いを馳（は）せれば、こたびの決戦も、百年近く前からの定めだったのではと思えてくる。そういえば、当代の五郎を継承した陶晴賢もまた、先祖同士が戦っていたことを知っていた。あれはたしか十六年前。元就らが目指す、厳島でのことだ。

天文八年（１５３９）五月――

その日の厳島の海は穏やかだった。風は凪ぎ、海は鏡のように空の風景を映している。対照的に、陸は騒々しかった。

大内家の家臣たちがひしめいていたからだ。

「父上、素晴らしい眺めですね」

感心するようにいったのは、長子の毛利隆元だ。数えで十七歳の少年は、海から生える赤い鳥居に目を奪われている。その左右にいる十歳の毛利少輔次郎（後の吉川元春）、七歳の毛利徳寿丸（小早川隆景）も同様に、厳島からの風景に見惚れていた。

「鳥居ばかり見るではない。くれぐれも大内家の皆様に失礼がないようにな。なんといっても、陶五郎様の家督継承を厳島の神にご報告する大事な日なのだぞ」

四十三歳の元就がそういうと、三人の子たちは表情を一変させて、真面目にうなずく。

大内家の重臣の陶興房が死んだのは、この年の四月のことだ。家督は嫡男の陶隆房（後の晴賢）が順当に継承し、陶五郎と名乗ることになった。

今日は、陶五郎はじめ大内家の家臣たちが厳島神社につどっている。

「若様たちは、願文をしたためてきなされ。しかと、心をこめるのですぞ」

三人の子らを促したのは、志道瑞如だ。すでに老将の風格をそなえていたが、鬢にはまだすこしだけ黒みを残していた。

ちなみに、このとき子らが書く願文が、十六年後、志道瑞如との賭けの対象となる。無論のこと、元就らが知るよしもない。

潮風にあたりつつふたりで子らを待っていると、ひとりの青年が近づいてきた。引きしまった体と精悍（せいかん）な顔相は、絵巻物の武者があらわれたかのようだ。紺色の大紋姿で、胸には家紋が染めぬかれている。四つの菱形（ひしがた）の中央に花をあしらったものは唐花菱（からはなびし）――陶家の紋だ。

「これは、陶五郎様。こたびはおめでとうございます」

後に敵同士となる陶〝五郎〟晴賢に、元就は深々と頭をさげた。

「こちらこそ、毛利殿に祝っていただき感謝いたす。まだ若輩者ゆえ、目をかけていただけると嬉しい」

その堂々とした所作は、とても十九歳の青年とは思えなかった。

「もう儀式はおすみでございますか」

「うむ、願文をさきほど奉納したところだ」

言いつつ、陶五郎が元就の近習（きんじゅ）たちに目をやる。

「すまぬが、ふたりきりにしてくれぬか」

陶五郎の言葉に、志道瑞如らは一礼して場を外した。

厳島神社の鳥居を眺める位置で、元就と陶五郎が対峙（たいじ）する。

「それはそうと、毛利殿、三本足の烏の紋様のある勾玉は知っているか」

予想しなかった問いかけだった。元就は、露骨に首をかしげてしまう。

「そうか、知らぬか」

残念そうに陶五郎はいった。

「勾玉が、どうされたのですか」

「なに、陶家の言い伝えでな。応仁の乱のときに、一休宗純和尚がもっていたものらしい」

「一休宗純和尚ですと」

奇矯でなる僧侶の名が出てきて、元就は驚いた。たしか、六十年ほど前にこの世を去っていたはずだ。

「応仁の乱のおり、わが陶一族は西軍に加盟していた。そのとき、ある噂を聞いたのよ。東軍が三種の神器のひとつ、勾玉を手にいれるために動いた、とな」

「それが、三本足の烏の勾玉でございますか」

「うむ」と、陶五郎はうなずいた。

「信じられぬことだが、禁闕の変で奪われた勾玉は偽物だという。後小松天皇の隠し子といわれる一休和尚が、隠しもっていたのだ。そして、それを材にして一休和尚は、東西両軍に和戦の交渉をしていた」

「お伽話のような、途方もない話でございますな」

信じられぬという具合に、元就は首を左右にふってみせた。その様子にかまわずに、陶五郎は語る。応仁の乱の主導権をにぎるために、東西両軍は神璽と呼ばれる勾玉を奪おうとした。西軍では陶家が先頭になり動いた。それに、立ちふさがったのが――

「家伝によれば、東軍に参加していた毛利殿の祖父らしい」

あまりのことに、元就は笑い飛ばすことさえできなかった。

「つまり、わが祖父が陶様の邪魔をした、と」

「まあ、曽祖父の弘房公は相国寺合戦の傷がもとで陣中で亡くなったので、戦ったのは部下たちだろうがな。そういう謂れがあるゆえ、毛利家が勾玉をもっているかどうかを知りたかったのだ」

探るような目を、陶五郎は元就にむけた。猛者ぞろいで知られる歴代の陶家の当主と比べても、眼光の鋭さは遜色がないように思える。

白い歯をみせて陶五郎が笑った。

「まあ、どちらにせよ伝説のたぐいだろう。ただ、応仁の乱で戦った陶家と毛利家がこうして手を携えている奇縁を思い、近づきのしるしとして家伝のひとつを披露したまでだ」

口調は柔らかかったが、陶五郎の瞳は鋭利な光を宿したままだった。

「本日の礼は、また使者をもって」

陶五郎が背をむけようとした。

元就も一礼して、きびすをかえす。

「そうだ、毛利殿」

呼び止められ振りむくと、いつのまにか陶五郎は向きなおっていた。さきほどよりも鋭さを増した眼光が、元就の体を射ぬく。

「毛利殿が若きころ、ここ厳島の社で天下の主たらんと願掛けしたのは本当か」

ひやりと、元就の背が冷たくなった。

「お恥ずかしい話です。まだ元服前のことゆえ、若気のいたりと笑ってください。決して、大内家を軽んじたわけではありませぬ」

「聞けば、誰かがこたびも同じ願文をしたためたらしいぞ」

「なんですと」

思わず声を発してしまった。

顔を動かして、陶五郎が元就の目差し(まなざ)しを誘う。見ると、元就の三人の子たちが出てくるところだった。

「童の軽口で済ませられぬときもある。よくよく注意することだ」

元就は、深々と頭を下げた。顔をもどしたときには、陶五郎はいなかった。はるか遠くを歩いている。


ぐらりと船がゆれて、篝火の火の粉が大量に元就の顔に降りかかった。

回想から引きはがされた元就は、眠気をさますかのように顔を腕でふく。眼前にある厳島は黒々としており、まるで海の化け物が鎮座するかのようだ。それが徐々に近づいてくる。

「思えば――」と、ひとりごちる。

あのころから、元就は主家の大内家やそれと対立する山陰の尼子（あまご）家よりも、陶五郎こと陶晴賢が強敵として立ちふさがると予想した。首にかけた紐をとり、懐からだす。先端には、小さな袋が結びつけられている。

指でなでると、なかにある小石ほどの大きさのものが滑らかな曲面をもっていることがわかった。

ふたたび胸へしまい、近づく厳島に目をやった。

いつのまにか雨は小ぶりになり、雷も鳴っていない。ただ風は強いままで、毛利の船団が悲鳴を思わせる異音をきしませていた。

厳島の合戦勝利の八刻前

——十月一日　亥の刻（午後10時頃）

厳島包ヶ浦の浜から、元就は去りゆく船を見つめていた。

毛利軍三千が声を殺す気配が、元就の背中を押す。

「これで、後戻りはできませぬな」

「もとからするつもりなどないわ」

志道瑞如の声に、すかさず元就はかえした。

元就は乗ってきた船を、すべて本陣へと帰したのだ。船が包ヶ浦にあれば、劣勢になったときに毛利軍に退却を考える弱気が芽生える。この島からでるには、陶晴賢に勝つ以外の方策などない。逃げ道を絶てば、味方は死兵に変わる。

「背水の陣をとる以外に、陶に勝つ手はない」

「おわかりかとは思いますが、これは真の意味での背水の陣ではございません」

志道瑞如の言葉にうなずいてから、元就は海に背をむけた。

毛利家三千の軍勢が壁をつくるようにおり、そのむこうには尾根が立ちはだかっている。

陶軍二万の焚く篝火が、尾根の際をうっすらと明るくしていた。

湿った砂浜に足をめりこませるようにして、元就は進んだ。

その力強さに、毛利の兵たちが唾を呑む。

志道瑞如の言うとおりだ。これは、真の意味での背水の陣ではない。

背水の陣とは、敵に包囲されて逃げることのできない状態のことだ。今の毛利勢は海には囲まれているが、敵とは対峙していない。逃げようと思えば、逃げられる。山のなかに隠れるのも可能だし、水練達者ならば泳いでも逃げられよう。

真の意味で背水の陣が完成するのは、尾根をこえて六倍以上の陶の軍勢に襲いかかったとき。それまで、一兵たりとも脱落させてはならない。だから、元就は先頭を歩む。自身の背中と歩みで、背水の陣にいるのだと兵たちを錯覚させる。

歯を食いしばり、山道へと分けいる。旗本や足軽たちが、粛々と元就につづく。

この険しい山道を登り尾根の頂上につくまでの数刻のあいだ、もし一瞬でも元就が油断したりしたらどうなるか。もし、元就が疲れをかすかでも表情に浮かべればどうなるか。

味方の兵たちは、たちどころに恐怖に襲われるだろう。そして、逃亡があいつぐ。

まとう甲冑(かっちゅう)が、元就の老体にのしかかった。どんなに重くとも、決して脱いではならない。自身が百戦錬磨(ひゃくせんれんま)の獅子であることを、味方に誇示しつづけねばならぬ。そうせねば、兵を死地に送ることはできない。

急な坂を、黙々と登っていく。

背後で誰かが足を踏み外したのか、倒れる音がした。

「くそう、これしきの山道で」

「この程度の苦境など、あのときに比べれば」

武者たちは、小声で自身を叱咤(しった)している。

そうだ——あのときほどは苦しくない。

十四年前の天文十年（１５４１）、郡山城(こおりやまじょう)の戦いで感じた絶望に比べれば、目の前の暗い山道など何ほどのことがあろうか。

四十五歳の毛利元就は、郡山城の曲輪(くるわ)で夜明けを待っていた。片膝を地につけた姿勢で、地面をじっと見つめる。甲冑は傷だらけで、後ろにひかえる三千の守兵たちも同様だった。

今、城の外に広がる吉田盆地では、二万もの尼子勢が押しよせている。近年、山陰の尼子家は急速に力をつけ、毛利家が属する大内家と比肩する勢力となった。その尼子家が兵を南下させ、郡山城へ攻めこんだのだ。

尼子勢は、吉田盆地の中央に突出した山岳に布陣し、三ヶ月以上にもわたって郡山城を攻めたてていた。六倍以上の尼子勢に、毛利勢は劣勢を余儀なくされる。だが、勝機がないわけではない。主家である大内家の援軍が、到着したのだ。

ひきいるのは、後の陶晴賢こと陶五郎。その数は、一万。郡山城と尾根つづきの小山に布陣している。

「あと半刻(約一時間)もすれば、夜明けだ。各々、覚悟はよいな」

背後の味方に元就が声をかけると、一斉にうなずいた。昨日のうちに元就と陶五郎は使者を送りあい、夜明けとともに乾坤一擲の大勝負にでることを決している。

尼子勢は二手に分かれて、布陣していた。毛利陶連合軍から見て正面の山に尼子の本隊。そして毛利陶連合軍の右手の山に尼子の別隊。

元就は郡山城の右手の尼子の別隊を叩く。陶五郎の軍は、郡山城の正面の尼子本隊を討つ。

尼子の本隊と別隊は、何層にもわたって陣を布いていた。ひとつの陣を落とすだけでも、多くの犠牲がでるだろう。

厳島神社で十九歳の陶五郎に出会ったのは、二年前のことだ。はたして、どれほどの侍大将に成長したのか。

元就は東へと目をやった。夜の闇がうすまりはじめている。

「攻めるぞ。門を開けえい」

昇る日とともに、毛利軍は城外へと討ってでた。左手の尼子本隊を見つつ、尼子別隊への間合いを一気につめる。山のふもとには、敵の先鋒が陣をかまえていた。

五十歩の間合いになると、元就は麾下の兵に矢を射るように命ずる。

だが、足は止めない。矢を射たせつつ、間合いを縮めていく。

無論、敵からも矢が放たれる。兜や鎧を、幾度も敵の矢が削った。

「進めェ、止まれば負けと心得よ」

元就は、力の限り下知を叫ぶ。

元就と陶五郎は敵の虚をつくため、互いに交差するように尼子の本隊と別隊へ攻めかかる手はずになっていた。そのためには、少数の毛利勢がまず尼子別隊に肉薄し、陶五郎が尼子本隊を攻める道を空けなければいけない。

左手にひかえる尼子本隊の旗指物が、ざわりと揺れる。巨大な熊が蠢くかのようだ。

尼子本隊が陣をでて、毛利勢の横腹を襲おうとしている。

敵の矢の勢いが、俄然強くなった。元就の左右を守る旗本が、ひとりふたりと倒れる。

「傷つくのを恐れるな」

兵というより、己を叱咤する檄だった。ここで立ちどまれば、尼子両隊から挟撃をうける。

気合いの声とともに、元就は手傷を負った旗本たちを追いこす。飛来する矢を、刀でたたき落とした。

とうとう、尼子別隊に肉薄し、刀槍を打ちあわせる肉弾戦へとうつる。

敵の武者の槍を刀で受けとめつつ、左手の尼子本隊に目をやる。前衛の軍が、陣をでようとしていた。攻め太鼓は山彦（やまびこ）を呼び、毛利勢へと降りかかる。

「陶五郎殿は出陣したか」

敵を斬り伏せて、陶五郎の陣へと目を転じた。

血の気がひく。

陶の陣は、静かなままだ。旗指物が朝日をうけて、心地よさげに揺れている。

どうして、陶五郎は出撃しないのだ。いや、それ以上にわからぬことがあった。

陶五郎の陣が静かすぎる。まるで、人がいないかのようだ。

最悪の想像が、元就の体を冷たくさせた。

「伝令っ」

母衣（ほろ）を背負う騎馬武者が、味方をこじ開けるようにして駆けてきた。そして、怒鳴る。

「陶五郎様の陣が、もぬけの殻です」

衝撃は、その身に落雷をうけたかのようだった。

目を血走らせ、伝令は報告をつづける。

「あるのは、旗指物と夜から焚く篝火だけ。陶様は、陶五郎様は――」

わなわなとふるえ、伝令はそれ以上は口にしない。いや、できないのだ。


――逃げたのだ。


誰かがそういった。あるいは、そう発したのは元就か。

尼子本隊の前衛が、山を完全に降りたところだった。その数四千と、毛利勢より多い。長い槍を前に倒し、穂先を一斉にむけた。

殺気と槍衾(やりぶすま)が、急速に近づいてくる。

厳島の合戦勝利の五刻前

――十月二日　寅(とら)の刻（午前4時頃）

五十九歳の元就は、黙々と夜の坂を登っていく。兵たちの息遣いと潮騒が和して、山全体が呼吸するかのようだ。

甲冑は岩に変じたかと思うほど重く、元就の老骨を容赦なくきしませる。

だが、苦しいといっても、十四年前の郡山城での戦いほどではない。

陶軍が消えたという報告は、元就の手から刀を取りおとさせた。あまりの衝撃で、容易に拾いあげることができなかったほどだ。

今でも、ありありと思いだすことができる。あの絶望に比すれば、と元就は歯を食いしばった。

もっとも、十四年前の苦境は、一瞬の後にその表情を一変させるのだが……。

四十五歳の毛利元就は、握る刀を落としたことにしばらく気づかなかった。

陶五郎の陣は、尾根つづきにある郡山城よりも標高が低い。夜ならばともかく、日が昇った今、城の守兵が見間違えるはずもない。

陶五郎は、戦場を去った。

残された毛利勢三千で、二万の尼子勢と戦わねばならない。

地面が揺れている。山を降りた尼子本隊の前衛が、毛利勢に襲いかからんとしていた。

「くそう」

やっと刀を拾いあげることができた。こうなれば、足掻けるだけ足掻くだけだ。

「志道、お主は手勢をひきいて、本隊を近づけるな。わしは、目の前の別隊を討つ」

刀を振りあげて、尼子別隊へ突進しようとしたときだ。

左手から、新たな喊声（かんせい）が聞こえてきた。とうとう、尼子本隊が毛利勢の脇腹に襲いかかったのか。しかし、刃を打ちあわせる音は遠い。

あわてて、こうべをめぐらした。元就の目が見開かれる。

尼子本隊の槍衾は、まだ毛利勢に肉薄していない。にもかかわらず喊声が聞こえてくる。

山彦が、そこに重なった。

尼子本隊の旗指物が揺れている。

だけでなく、ひとつふたつと倒れだす。

「まさか――」

尼子の旗指物を押しのけるようにして山の頂（いただき）にあらわれたのは、別の旗指物だ。小さな四つの菱形が大きな菱形を形づくるのは、武田菱（たけだびし）に似ている。ちがうのは、中央に花の紋様があることだ。

唐花菱――陶五郎の家紋である。

「陶だ。陶五郎が、背後から攻めてきたぞ」

「転進しろ。本陣を救えっ」

迫りつつあった尼子本隊の槍衾が、ぴたりと止まる。そして、あわてて反転を試みる。長槍同士がぶつかり、何人もの兵が倒れた。

「陶五郎め」

味方の助勢にもかかわらず、元就は唾棄(だき)した。

陶五郎は、元就を欺(あざむ)いたのだ。敵はおろか、味方の毛利勢にも気取(けど)られぬように陣をでる。そして、郡山城の背後をとおり、大きく迂回して尼子本隊の背面につけた。

「よくも、やってくれたな」

陶五郎の軍勢は、尼子本隊を後方から突き崩していた。

見事に、たばかられた。その悔しさは、優勢に転じる喜びよりもはるかに勝った。

屈辱が炎に変じ、元就の臓腑(ぞうふ)を灼(や)く。

視線を引きはがし、前を睨(にら)んだ。

「攻めろ。陶に負けるな。陶軍より先に、尼子の陣を落とすのだ」

自身でも信じられぬほど、大きな声で叫んでいた。まとわりつく敵兵を斬り伏せ、元就は血刀とともに敵陣の奥深くへと攻めこんでいく。そして、戦況は毛利陶勢が優勢のまま、日没をむかえた。結果的に尼子の本隊とも、落とすことはできなかった。が、勝利といってよいだろう。その数日後、尼子軍は陣を引きはらったからだ。

あるいは——と夜の闇のなかで急坂を登る五十九歳の元就はつぶやく。郡山城の戦いで大軍を迂回させた陶五郎こと陶晴賢も、今の元就のような心持ちだったろうか。味方の脱落逃走を防ぐために、必死に虚勢をはって体力を誇示していただろうか。

自嘲の笑みが、頬を柔らかくした。

ありえない。当時、陶晴賢は数えで二十一歳。あり余る体力で、部下を牽引したにちがいない。

ぐらりと体がかしぎそうになった。雨を吸った地面が崩れたのだ。渾身の力をこめて、転倒を防ぐ。肩で息をしたい誘惑を、必死にねじ伏せる。

なんでもなかったかのように、歩みを再開した。

汗が、顎先からいくつも滴りおちる。目尻にもはいり、視界をにじませた。籠手(こて)でくるまれた腕で、乱暴にこすった。ひりひりと顔が痛む。

うっすらと尾根の頂が浮かびあがっていた。陶軍の篝火のせいではない。東の空から、太陽が昇らんとしていた。

陽光に押されるようにして、元就は登る。

とうとう頂についた。

下界を睥睨する。

眼下には、海に面した毛利方の宮尾城がある。これを、陶晴賢の二万の軍勢が三方から囲んでいた。

狭い平地に密集した大軍は、狩りをするにはうってつけの獲物だ。

この瞬間、元就は破顔した。地御前の港をでて以来、嘲りも苦みもない——ただ純粋な笑みをこぼすのは、これが初めてだった。

前からは潮風が元就の老いた顔をなで、後ろからは陽光が疲れた背を灼く。

厳島の合戦勝利の四刻前
——十月二日　卯の刻（午前6時頃）

下知する必要はなかった。

刀をぬき、頭上にかざすだけでよかった。

兵たちの喊声が、元就の背後から沸きあがる。周りの木々が、生き物のように蠢いていた。崩れる崖を思わせる勢いで、元就を追いこし毛利の武者たちが駆けていく。

元就は動かない。頂から、見下ろすのみだ。

まず陶軍の背後に攻めかかったのは、長男の毛利隆元だった。

「ほう、さすがご嫡男、やりますな」

胸にたれる白鬚を指ですきつつ、志道瑞如が感心する。いつもは優柔不断の気質が勝つ長男の隆元だが、どうしてどうして。自ら先頭にたち、手槍を采配がわりにして軍勢を駆けめぐらせている。奇襲であわてふためく陶晴賢の軍勢を、毛利隆元は縦横無尽に攪乱（かくらん）していく。敵を斃（たお）すことよりも、統率を乱すことに重きをおいた采配なのは一目瞭然だ。

「裏切り者がでたぞォ」

「大将は討ち死にされた」

兵たちに虚言を叫ばせつつ、隆元の手勢は旗指物を倒し陣幕に火をつける。

「まさに、毛利の跡継ぎにふさわしい采配ぶりですな」

元就はうなずいた。頭によぎるものがある。十六年前に、厳島神社で聞いた陶晴賢の言葉だ。

『誰かがこたびも同じ願文をしたためたらしいぞ』

陶晴賢は、天下の主と願文をしたためた男がいると教えてくれた。

そして、こうも言っていなかったか。

『童の軽口で済ませられぬときもある』

あれは、元就の子の誰かがそう奉納したという意味ではなかったのか。

きっと、そうだ。

隆元の堂々たる戦いぶりを見て、思いはさらに深まる。

長子が崩した敵陣に、くさびを打ちこむかのような激しい攻勢を見せる将がいた。

元就の次男の吉川元春だ。

麾下（きか）の兵には槍をもたせず、刀をぬいて果敢に白兵戦を挑ませる。日をうけきらめく刃が、光の道をつくるかのようだ。

「ご次男は威勢がよいだけと思っておりましたが、うれしい誤算ですな」

志道瑞如が目を細めた。次男の元春は強敵と戦うことに快楽を感じる猪武者だった。が、今はちがう。長男の隆元がつくった混乱を的確につき、陶軍の一番脆弱（ぜいじゃく）なところを苛烈に攻めていく。

あるいは、吉川元春が、「天下の主」と過去に厳島に願文をしたためたのだろうか。

そう考え直さざるをえないほどの、次男の活躍であった。

包囲されていた宮尾城から、攻め太鼓の音がひびく。城門が開けはなたれ、守兵たちが陶軍に攻めかかった。挟撃をうけた敵の混乱は、いやが上にも増す。

潮風が、元就の顔につよく吹きつけた。

いや、ちがう。木々は揺れていない。

目を、戦場のむこうの海へやる。

白い帆をはためかせた、軍船が近づこうとしていた。高ぶる士気が波をつくり風となって、元就へと届く。元就の三男、小早川隆景の軍団だ。

港に停泊する陶の船団は錨をおろし、密集していた。動きがままならないのは、一目瞭然だ。

「ゆけェ、三男坊」

年甲斐もなく、志道瑞如が声を張りあげる。

小早川隆景の船団が、次々と陶晴賢の軍船を沈めていく。その進路や攻撃には、一切の無駄がなかった。

ひとつの船の横腹に舳先をめりこませる。浸水した船は勢いで煽られ、隣の船に次々と衝突する。一撃で、その何倍もの転覆と破損が相次いだ。まるで空から戦場を見下ろし、采配を振っているかのようだ。

あるいは、もっとも若い小早川隆景こそが、天下の主にふさわしい器量を持つのではないか。

わが子の力量を目の当たりにして、元就の全身に快感が駆けめぐる。

「見たか、志道よ。これが、毛利の家だ。わが子たちだ」

「はい、感服いたしました。まさに、三本の矢でございますな」

志道瑞如も賛辞を惜しまない。

「この才があれば、天下をとるのも夢ではないわ」

一歩二歩と、頂から降りる。

「わが夢を――野心を引きつぐ才を、子らは十二分に持ちあわせている」

あとは、心の器だ。どんなに才があっても、野心という器をもたねば道は開けない。

そして、元就は実はこうも思っている。

己の跡を継ぐのは、隆元や元春や隆景でなくてもいい、と。

天下の主の夢を引きつぐ器さえもっていたら、たとえ血がつながっていなくてもいい。

わが娘を嫁がせ養子にして、己の身上のすべてをくれてやる。

そして、わが三子を手足のように駆使し、上洛し天下を統一してくれればよい。

「いくぞ、志道」

旗本たちを引きつれて、元就は合戦へと飛びこんでいく。

厳島の合戦勝利の一刻前
——十月二日　午の刻（午前12時頃）

海に浮かぶかのような鳥居の周囲には、陶軍の死体がいくつも浮いていた。だけでなく、船の残骸も次々と流れてきて、まるで新たな島をつくるかのようだ。

元就は志道瑞如と旗本を連れて、境内を歩いている。合戦の趨勢は決した。三子の活躍で陶軍は崩壊し、陶晴賢は逃走した。残敵が、厳島神社の南端の大聖院に立てこもっている。次男の吉川元春が、激しく攻めたてていた。多勢に無勢。一刻（約二時間）もせぬうちに、潰走するはずだ。

あとは、陶晴賢の首をあげられるか否か。

厳島の周囲の海には、援軍として加勢した村上水軍の船がひしめいている。木っ端武者ならともかく、侍大将が島からでるのは不可能だ。

いずれ、陶晴賢の首は元就のもとに届けられる。

元就は次男の吉川元春に掃討をまかせ、神域である社へとはいっていった。

足軽や神官たちが、神社の宝物や書物を持ちだしている。万が一にも、戦火が社殿や宝物庫を焼かぬために、大きな広場へと集めているのだ。

元就は、足軽にその仕事を手伝うよう命じた。長持や葛籠、桐箱、巻物のはいった壺が、次々とならび、積み重ねられていく。

それらのあいだをぬうようにして、元就と志道瑞如は歩いた。

「ありました。これが、願文をいれた箱ですな」

漆塗りの長持が鎮座している。その前で、元就は膝をついた。あたりをうかがうと、神官らは神剣や太刀、法典、巻物、絵画を護るのに必死なようだ。

「まだ、荷物はくるはずだ。この長持をむこうへやって、場所をつくれ」

志道瑞如はそういって、願文のはいった長持を神官たちの目から遠ざけた。社殿の陰へもっていき、ついてきた旗本に蓋をあけさせる。

なかには、いくつもの文箱が重ねられていた。幸いなことに、文箱にはそれぞれ年月が記された紙が貼られている。

元就は志道瑞如と目を見合わせて、うなずく。

——天文八年五月

と書かれた十六年前の文箱を取りだして、封を開く。びっしりと重ねられた願文を、一枚一枚とっていく。

まず最初に見つけたのは、毛利隆元の願文だった。高鳴る鼓動を叱りつけるようにして、ひとつ呼吸をした。

心を鎮めて読む。


――父上の武運長久、無病息災を願う。


襲ってきたのは喜びではなく、落胆だった。

両肩がずしりと重くなる。

隆元は、天下の主の器ではない。

唇を嚙みつつ、折りかさなる願文を一枚一枚手繰った。

次にあらわれたのは、次男の吉川元春の願文だ。


――毛利家を護る、勇者たらんことを誓う。

願文を取りおとしそうになるほどに、失望は大きい。

吉川元春もまた、その器ではなかった。

まだ、まだ三男がいる。もっとも才にあふれた隆景ならば……。

願文は、すぐに見つかった。


――兄上たちのよき輔弼たらんと欲する。


ぐらりと視界が揺れた。

天下の主はおろか、安芸国の主とさえ願っていない。

とうとう、三枚の願文が手からすべりおちた。

絶望が、元就の体を戦慄かせる。

三子は、己の何を見て、何を学んでいたのだ。

どうして、この父の姿に幼きころからふれて、大望をいだかぬのだ。

「気落ちされますな」と、志道瑞如が慰める。

「天下人の器は、育むものではありませぬ。これは、もって生まれた天賦の――」

「そんなはずはない」

気づけば、元就はそう叫んでいた。

「誰かおるはずだ。天下の主と祈願した武者を探すのだ」

元就は文箱をつかみ、一気にひっくりかえした。願文が、勢いよく大地に散らばる。

「探せ、探すのじゃ」

願文を乱暴にとり素早く一読して、「ちがう」と叫んで捨てる。

「ちがう。これも……ちがう」

次々と放りなげる。

「よしなされ」

志道瑞如がすがりつくようにして止めた。

「邪魔をするな」

腕を振りまわし、志道瑞如の老体を弾き(はじ)とばす。

刹那(せつな)、目に文字が飛びこんできた。

——天下の主たらんと願う。

体中の血が沸騰したかと思った。

痺れが、幾度も全身をはう。

とうとう見つけた。

折りかさなる願文に、ふるえる手を近づけ、拾いあげる。

――この夢のために、身命を捧げることを誓う。

「おおォ」

あらわれた文言が、元就の口から喜悦の声を滾らせる。

「誰だ」

願文を書いた主の名があらわになる。

――陶五郎隆房

厳島の合戦勝利の刻
——十月二日　未の刻（午後2時頃）

縛られた武者たちが、次々と元就の前に引きずられてくる。海に浮かぶ鳥居を横目に見つつ、元就は虜囚たちと対面した。

すでに、陶の軍勢は壊滅していた。

大聖院にこもる残敵は次男吉川元春の攻勢をうけて、背後の山へと手勢をひきいて逃げていった。きっと山中にある砦に籠城するつもりであろうが、どんなに抵抗しても焼け石に水である。毛利勢の勝利はもう覆らない。

あとは——

元就は、虜囚たちを睨めつける。

「大将の陶五郎（晴賢）はどこへ隠れた。周りを見ればわかるであろうが、逃げおおせることはできない。観念し、正直に申せ」

縛られていた武者のひとりが、決然と顔をあげた。

「陶五郎様は、腹を切られた」

「それは、まことか」

上半身を前にだして、元就は問いつめる。

「この目で見た。わしはせめて、ひとりでも多く道連れをと思いもどったが……」

血で汚れた、虜囚の唇がわなわなとふるえだす。

「捕まったというわけか」

虜囚の双眸から、血まじりの涙が落ちる。嘘をいっているようには思えなかった。

「では、陶五郎が腹を切った場所はどこだ」

「それは言えぬ。わしが教えられるのは、そこまでだ。武士の情けがあるなら、腹を切らせてくれ」

何人かの虜囚が、その言葉につづいた。

「いいだろう。ここは神域ゆえ、近くの砂浜に送ろう」

「かたじけない」

武者たちは自らの足で立ちあがった。そして、毛利の武者に先導されて、元就の前から消えていく。

「父上、本当に陶めは死んだのでしょうか」

不安そうにきいてきたのは、長男の毛利隆元だ。

「生きていたとしても、死んだも同然よ」

元就は、吐き捨てた。口調に含まれていた険に驚いたのか、隆元が上半身をのけぞらせる。

「せめて、どこへ陶が隠れたかだけでも訊きだすべきでは」

長子の陰から出てきたのは、小早川隆景だ。きる甲冑はまだ海水で濡れている。

「無駄だ。奴らは口を割るまいよ。それよりも、落武者はできるだけ殺すな、と指示を出せ。陶五郎めの首の在りかを知らせれば、報奨金をくれてやると、みなに知らせろ」

「はっ」と小気味よく返事をして、旗本たちが四散する。

散策するかのように、元就は浜に面した境内を歩いた。隆元と隆景のふたりが黙ってついてくる。海に突きでる崖にいたり、その身を潮風にさらした。

「父上」

意を決したように言上したのは、毛利隆元だ。

「これが、第一歩でございますな。毛利が天下の主となる、覇業のはじまりでございます」

戦の興奮が残っているのか、毛利隆元の声はいつもよりずっと上ずっていた。

顔を紅潮させた小早川隆景も、元就に言いよる。

「やりましょう。まずは中国を平らげ、九州四国の敵を討ち、そして上洛するのです」

目を爛々(らんらん)と輝かせる二子を、元就は冷ややかに眺めざるをえない。

「兄者や弟の言うとおりでございます」

いつのまにか、次男の吉川元春もきていた。

「上洛し将軍様を擁し、東海や関東、奥羽の敵を平らげましょう」

さきほどまで戦っていたのか、吉川元春の体からは硝煙と血の匂いが濃くただよっていた。

三人の兄弟が、声をそろえていう。

「我ら三子、力をあわせます。父の武略と三人の和があれば――」

「ならん」

静かな一言だったが、三人は圧倒されたように口をつぐむ。

「お主らが、天下を望むことは禁じる」

「――っ」

声にならぬ驚きが、三人から発せられた。

「毛利の家を守るために、これからも戦う。いずれ、陶や大内の残党、尼子を討ち、これを滅ぼすだろう。が、それは天下を望むためではない。毛利という家を守るためだ」

「そんな」

そう叫んだのは長男の隆元か、それとも次男の元春か、あるいは三男の隆景であろうか。

元就は、三子に持ち場にもどるように命ずる。まだ戦いは完全に終わっていない。残党狩りなどの雑務が残っている。

土を踏む音が聞こえた。寄りそった気配から、志道瑞如だとわかる。

「聞きました。天下は望まぬ、と」

「所詮、わしも天下の主たる器量ではなかったということだ」

「いえ、そんなことはありませぬ」

「慰めはいらぬ」

ぴしゃりと、元就は言いはなつ。

「天下の主たる資格があるか、否か。その器は、生まれたときから決まっておる。わしも息子たちも、後者だった」

首にかけた紐をとり、先端にくくられた小さな袋の封を解く。出てきたのは、深い碧色を した勾玉だった。三本足の鳥の紋様がある。

「それは」と、志道瑞如が首をかしげる。

あるいは、こたびの戦場で天下を競望する資格をもつものは、ひとりだけだったのかもしれない。敵だった、陶〝五郎〟晴賢だ。

「なぜ、ご自身を天下の主たる資格がない、とおっしゃるのですか。三人のお子たちとちがい、最初からその望みを願文にしたためていたではないですか」

「わしの野心もまた、生来のものではない」

勾玉を目の前にかざす。

美しい碧色は、深くすんだ海の色を見るかのようだ。

これは、祖父の毛利〝治部少輔〟豊元が、一休和尚からあずかったという勾玉――三種の神器のひとつ八尺瓊勾玉（やさかにのまがたま）である。南北朝のころ、毛利一族の貞親（さだちか）が三種の神器を供奉（ぐぶ）する役を担った。その因縁を知っていた一休和尚が応仁の乱が終わり、その死期を悟ったとき毛利家に託したのだ。

元就の手にわたったのは、八歳のころだ。厳島神社に願文を奉納する一年前。

父は兄に家督をゆずるかわりに、元就に家伝の勾玉を託した。乱世ゆえ、万が一兄が滅びたときは弟が勾玉を拠（よ）りどころに、毛利家を再興してくれればと思ったのだろう。

元就が天下の主と祈願したのは、この勾玉を手中にしたからに他ならない。厳島での勝利で野心に目覚めた、三人の子たちと何ら変わらない。

それまでは、元就も一国の主を望む平凡な童にすぎなかった。

勾玉を袋にいれなおし、志道瑞如へと押しつけた。

「もともとは、厳島の宝物だったものだ。どこかの箱に、人知れず紛れこませておいてくれ」

志道瑞如は嘘だと見抜いたはずだが、黙って受けとってくれた。そして、宝物が積み重ねられた広場の方へと歩いていく。

こうべをめぐらせると、海に浮かぶ鳥居が見えた。小舟にのった足軽たちが、陶軍の死体や船の残骸を忙しげに集めている。

「厳島の神よ、よく聞かれよ」

元就は、口ずさむようにつづける。

「毛利家は、今このときから野心を捨てる。子、孫の代はいうにおよばず、末代までもだ」

元就は息を整えて、さらに誓いの言葉を継ぐ。

「毛利は、天下を競望せぬ。この教えを子々孫々まで守らせるであろう」

懐に手をやり、一通の願文を取りだした。あちこちが変色しており、かなり古いものであることがわかる。九歳のころに、天下の主たらんと奉納した元就自身の願文である。子らの願文を検めた後に、見つけたのだ。

老いた手で、躊躇なく引きちぎった。いくつもの紙片へと変貌する。

強い潮風が吹きぬけた。

元就の夢の残滓が、容赦なく吹きとばされる。

それは、厳島の深い海とすんだ空のかなたへと溶けるようにして消えていった。

小便の城

永禄七年（1564）二月六日
卯の刻（午前6時頃）
この十二刻（24時間）後、
稲葉山城を乗取る。

「臭い」

竹中〝半兵衛〟重治は、つぶやいた。口から吐き出された、その言葉さえも臭う。口臭などという生易しいものではない。腐った魚を鍋で煮詰めたような、小便の臭いだ。

布団から跳ねおきて、外へでて走った。素足のまま、井戸へと駆けよる。

まだ夜は明けていない。山際がかすかに明るくなろうとしていた。

釣瓶を鳴らし、冷水がたっぷりとはいった桶を持ちあげる。頭から勢いよくかけた。一度ではない。二度、三度、四度と。

「なぜ、臭いがとれぬ」

罵声をあげつつ、冷水を浴びる。

やがて朝日が差しこみはじめた。竹中半兵衛の姿を照らし出し、手にもつ桶にも光が当たる。溜まった水が鏡となり、竹中半兵衛の顔相を映した。

髭どころか産毛ひとつない、女人のような顔があらわれる。手にもつ桶が、音をたててきしんだ。同時に半兵衛の鼻先に漂う異臭が、さらに濃くなる。

水が、小便に変じたかのようだ。

「くそ」とつぶやいて、また顔に水をかけるが、うすまるどころかさらに濃くなる。

「おい、見ろ」

背後から声がして、ふりむく。

ふたりの侍が、こちらを指さしている。半兵衛の体が硬く強張った。

「あそこにいるのは誰だ」

「誰だと。竹中家の半兵衛ではないか」

「そんな奴は知らんなあ」

武士のひとりは、明らかに惚けている。同じ美濃斎藤家につかえる武士なのだ。竹中半兵衛の名前を知らぬはずがない。

「知らぬのか。飛驒守様に小便をひっかけられた、女子のような侍よ」

「ああ、あの小便侍か」

わざとらしく手を打った。

「それなら知っておるとも。小便を顔にかけられて、すごすごと逃げた男だろう」

ふたりの侍は腹をかかえて笑いだす。

桶を強く握りしめ、半兵衛は嘲笑をやりすごそうとした。かわりに襲ってきたのは、悪臭である。斎藤飛騨守からうけた蛮行（ばんこう）が、生々しく半兵衛の脳裏によみがえる。

数日前のことだ。

主家・斎藤家の居城稲葉山城（いなばやまじょう）へ登城しようとした竹中半兵衛を、斎藤飛騨守という武者が待ちかまえていた。斎藤の名が示すとおり、主家とは縁戚で主君斎藤龍興（たつおき）の寵愛（ちょうあい）をうけている。藪（やぶ）を思わせる濃い髭をもつ武者で、常々女のような容姿をした竹中半兵衛を馬鹿にしていた。

その日は稲葉山の入口にある矢倉（やぐら）の上から、険のある目で飛騨守がこちらを見ていたのは知っていた。何事かを隣にいる朋輩に語りかけてもいた。どうせまた、己の悪口を言っているのだろう。半兵衛は無視して、通りすぎることに決める。

笑い声や「本当にやるのか」という声がしたが、聞こえないふりをした。

矢倉の横まできたとき、半兵衛の顔をいくつかの水滴が襲った。にわか雨と思い、顔を天にむける。まず目に映ったのは、濃い髭をゆがませて笑う飛騨守の顔だ。つづいて脱ぎ下ろされた袴（はかま）を認めた。

視界が極限までゆがむ。あらわになった飛騨守の股間から、一条の水が弧を描いて竹中半兵衛の顔に降りそそいでいたからだ。

飛騨守の隣にいた侍たちが口を開けて喜んでいる。指をさし、「小便侍」と嘲(あざけ)っている。
あまりのことに、半兵衛は呆然と立ちつくす以外のことができなかった。気づけば、着衣は汚水でぐっしょりと濡れて、周りには人は誰もいなくなっている。遠くの嘲りの声が、やけに大きく聞こえるのが不思議だった。

「くそっ」

小さく叫んで、水を顔面に打ちつけた。が、臭いはとれない。

「なるほど、小便侍という綽名(あだな)も納得よ」

「見ろ、あの髭のない面(つら)を。衆人環視で小便をひっかけられて、一言も抗(あらが)わなかったのも、うなずけるわ」

竹中半兵衛に侮蔑の言葉を残して、ふたりは立ちさっていく。

「己は臆病ではない」

つぶやくと、また小便の臭気が濃くなり、吐き気さえも襲ってきた。

半兵衛は己の手や腕、胸板を見た。潰れた肉刺(まめ)、いくつもできた痣(あざ)。女人のような容姿を気に病んでいるのが、他ならぬ竹中半兵衛だった。剣、槍、馬術など、幼少のころより激しい稽古を繰りかえし、生傷が絶えない。

何度も気を失ったことがあるし、死にかけたことも数度ある。それでも激しい稽古をつづけたのは、容姿のせいで竹中家の名前に傷をつけぬためだ。

だが、そんな努力を、斎藤飛騨守は一瞬でふいにした。今や、小便侍という悪名は、美濃中に知れわたっている。

見ておれ、とつぶやいた。拳をきつく握りしめる。

己が猛き武士であることを教えてやる。

美濃斎藤家の全てに知らしめてくれる。

武士たちの背を睨んでいた目を、斜め上へとやった。そこには、斎藤家の居城である稲葉山城がそびえたっている。急峻な崖の上にある様は、鬼の砦のようだ。その一角には、己に小便をひっかけた斎藤飛騨守の詰所がある。今宵が宿直の当番であることを、竹中半兵衛は知っていた。

稲葉山城乗取りの九刻前

——二月六日　午の刻（午前12時頃）

半兵衛の屋敷から、従者たちが吐き出される。十数人はいるだろうか。竹中半兵衛が待つ門のところで立ちどまり、肩に担いでいた大きな長持を次々と地に下ろした。

「半兵衛様、用意は全て整いました」

従者のひとりが、長持のひとつの蓋を開けた。半兵衛は腰を落として、覗きこむ。

「用意は万端のようだな。では、今から城へいくぞ」

長持についた棒を肩にかけて、従者たちが一斉に立ちあがる。半兵衛一行は稲葉山の城下町を歩いた。進む半兵衛の耳に、自然と町の人々の声がはいってくる。

「おい、知っているか。尾張の織田家が近江の浅井家に頻繁に使者を送っているそうじゃ」

「本当か。浅井と織田が組んだら、我ら美濃の斎藤家などひとたまりもないぞ」

聞こえてくるのは、隣国尾張の織田〝上総介〟信長の噂ばかりだ。四年前の永禄三年（1560）、桶狭間で今川義元を討ち取って以来、信長の名は悪鬼羅刹のごとく美濃の衆に恐れられている。三河の松平家と同盟して以来、頻繁に美濃の国境を侵し、合戦も度々だ。

半兵衛は盛大に息を吐く。織田信長が何ほどのことがある。恐るべき敵なのは、承知のうちだ。くれば、勇ましく戦うだけではないか。そして、死に花を咲かせる。生きようと思うから、怖いのだ。

だが、斎藤家の家臣たちにも、調略の手が次々とのびているという。事実、半兵衛のもとにも織田家からの使者がきていた。無論、追いかえしたが、木下藤吉郎という、祖父が中村の鉄砲足軽上がりの男はどういうわけか半兵衛のことを大器と見込んだようだ。

とにかく大言壮語のはなはだしい男だ。いつか、この日ノ本はおろか、中国や南蛮にもない天下一の町をつくると息巻いていた。庭師が庭の構想を語るように、将来つくる町の姿を半兵衛の前で紙に書きつけた。野心というより、夢物語だ。奇行はそれだけではなかった。

歯形のついた永楽銭をとりだし「応仁の乱より伝わる、祖父の形見をあずけますゆえ、何卒(なにとぞ)」と無理矢理に握らせたのだ。受け取るべきではなかったが、木下藤吉郎は右手に六本の指をもつ男で、それに驚いている内に有無をいわさず去っていってしまった。

そんなことを考えつつ道をいく半兵衛に、声がかかった。

「おう、これはものものしい人数(ひとかず)であることよ」

今朝、半兵衛のことを馬鹿にしたふたりの武士だ。

「小便侍が、大層な行列よのう」

言葉が、矢尻のように半兵衛の臓腑(ぞうふ)に突き刺さった。

「なんでも小便侍の弟が病気ゆえ、見舞いにいくそうじゃ」

半兵衛の弟の竹中久作(きゅうさく)は、小姓として稲葉山城に寝泊まりしていた。

「さすがは軟弱者の一族。尾張の織田と戦つづきの今、呑気(のんき)に床(とこ)についておるとはな」

従者が反論しようとしたので、「よせ」と制止した。

「挑発に乗るな。大事の前の小事なのはわかっておろう」

そういう半兵衛の腕も怒りでふるえている。

「いくぞ」

従者というより自身に言い聞かせる言葉だった。黙って、武士ふたりの前を通る。

「おお、どうしたことじゃ。竹中殿が近づくと、急に臭くなった。何じゃこれは」

「肥溜め（こえだめ）か厠（かわや）のような臭いぞ。これはたまらん」

ふたりの武士は、手で鼻をつまんでおかしがる。

半兵衛は、歯を喰いしばり嘲笑に耐えた。土を踏み潰すようにして、稲葉山城へと歩を進める。それが、半兵衛にできる唯一のことだった。

稲葉山城乗取りの七刻前

――二月六日　申（さる）の刻（午後4時頃）

「兄者、何しにきた」

布団に横たわる弟・竹中久作が睨みつけてきた。稲葉山城の本丸にある一室だ。弟久作の眼光は鋭いが、顔色は青い。半兵衛に似て、女性（にょしょう）のような顔の造りをしている。のびた産毛がうすい髭になっているのが、半兵衛とはちがうところか。

「具合はどうだ。倒れたと聞いて、心配していた」

布団の横にすわると、十数人の従者が長持をもって次々と部屋にはいってきた。

「まさか、見舞いのつもりか。誰のせいで寝込んでいると思っておるのだ」

久作は首を持ちあげようとしたが、咳きこんでふたたび枕に頭をあずける。

「兄者、わしは哀しい。飛騨守に小便をひっかけられて、詰問のひとつもなさらずに帰ったらしいな」

静かにうなずくと、弟の顔からさらに血の気がひいた。

「出ていってくれ。兄者の顔など、見たくもないわ。竹中一族の恥さらしめ」

詰られるのは予想の内なので、半兵衛は何も言いかえさない。

「わしもいい笑い者だ。もし、父上やお祖父様が生きておれば、わしのように寝込んだはずだ。否、卒倒して……」

最後は咳きこんで言葉にならなかった。

「そう怒るな。体に障る」

「ひとごとのように言うな。兄者が武士らしく振舞っていれば、わしも寝込むことはなかった」

労おうとした半兵衛の手は、乱暴に振りはらわれた。

「ならば、すぐに起きあがれるように、よい薬をもってきた。珍しい薬ゆえ、調合道具をもってくるのが難儀だったがな」

久作はそっぽをむいている。半兵衛は従者に合図をして、長持の蓋を開けさせた。腕をのばしなかのものをにぎった。

「久作の言うとおりだ。武士にとって恥辱は病だ。死にさえもいたる。そこで、己は今日、その恥を癒す薬をもってきた」

半兵衛が長持から取りだしたのは、一振りの刀だった。

久作が刮目する。

さらに従者が次々と長持を開け、なかのものを取りだした。手槍、火縄銃、鎧、鎖帷子、脛当てや籠手などの小具足に弓と矢。またたく間に、武具が久作の休む一室を埋める。

「憎き飛騨守は、今宵、宿直の番と聞いた」

「まさか、飛騨守めを殺るのか」

勢いよく、久作が起きあがった。返答のかわりに、半兵衛は刀をぬく。刀身に髭のない己の顔を映す。

「飛騨守は、武士の顔を小便で穢した。奴めに、まことの猛き武士とはいかなるものか教えてやる」

刀のなかの己の目は吊りあがり、髭で彩られていない唇はいびつにゆがんでいた。

「いや、飛騨守だけではない。己を愚弄した美濃斎藤家の全てに教えてやるのだ。そうする以外に、武士が恥辱を雪ぐ手があろうか」

己の顔を映した刀身のむこうで、久作が打ちふるえている。

「よ、よくぞ、いった。兄者」

床に拳を叩きつけた。

「やるぞ、わしもやる。病などで寝ておる場合ではないわ」

いつのまにか、久作の顔には血色がもどっていた。

稲葉山城乗取りの六刻前
——二月六日　酉の刻（午後6時頃）

中天にある太陽が徐々に落ちる様子を、竹中半兵衛は窓からじっと見つめていた。顔に降りそそがれた小便の臭いは、まだこびりついている。何度も手ぬぐいで肌をぬぐった。

しばらくすると日が山に沈み、空が赤く染まりはじめる。

「よし、用意をするぞ」

久作が、背後にひかえていた従者たちに声をかけた。みなが一斉に具足姿に着替えはじめる。

半兵衛も臭いを引きはがすように着衣を脱ぎ、具足と鎧をつけた。屋内で兜は動きにくいので、鉢巻をきつく締める。手槍をしごく久作に目をやった。

「段取りをいま一度、たしかめておきたい。こっちへこい」

「段取りだと。今まで十分に談合したではないか。これ以上、何を話すというのじゃ」

久作は怪訝そうな目をむける。

「いいからこい」

部屋のすみに、落日の赤い光が溜まっていた。半兵衛は、そちらへ久作を誘う。

「久作よ、己はこたびの恥辱を雪ぐにあたり考えがある」

「考えだと」

「ああ、女子のような容貌であったために、亡き父上やご先祖様の面目さえも潰してしまった。今宵、竹中〝半兵衛〞重治が勇者であったことを、日ノ本中に知らしめねば、ご先祖様に顔向けできん」

ひとつ間をおいたのは、自身の覚悟に微塵のゆらぎもないことを確かめるためだ。内面に怖気(おじけ)が存在しないことを認めてから、言葉をつぐ。

「それを成すには、飛騨守めの首ひとつでは不足だ」

久作はうすい髭をしごきつつ、「たしかに」とつぶやいた。

「だが、いかにして兄者が勇者であることをみなに知らしめるのじゃ。わしには、いい考えが思い浮かばん」

弟は腕を組んで途方にくれている。

「なに、簡単なことだ。わしは飛騨守の首をとった後に、十文字に腹を切る」

久作は目を見開いた。

夕日をうけた弟は、まるで返り血を浴びたかのようだ。きっと己も同様だろう。

「そして自らの手で腸(はらわた)を掻(か)きだし、飛騨守めの体に巻きつけ、死に絶えてやるのよ」

そう言い切ると、小便の臭いがうすまったような気がした。

最初からわかっていたことなのだ。己の体にこびりついた臭いを消すには、己の血潮でしか無理なことを。

「あ、兄者」

久作が唇をふるわせている。

「そ、それはまさに名案ぞ。十文字に腹を切り、仇(かたき)に腸を巻きつけるなど、古今にない壮絶な死に様だ」

わがことのように、久作は喜ぶ。

「わかってくれるか。つまり、話しておきたいのは、切腹の手筈よ。己が果てるまで、決して介錯はするな。きっと守兵どももくるはずゆえ、それまで時も稼いで欲しい。彼奴らの手にかかっては、十文字の切腹も無駄になるゆえな」

「まかせておけ」

久作は力強く胸を叩いた。

「兄者が勇ましく死に絶えるまでは、わしらが一兵たりとも部屋にはいれさせせん。竹中一族に半兵衛ありと、猛き武士の名を轟かせてくれ」

稲葉山城乗取りの四刻前
——二月六日　亥の刻（午後10時頃）

日が完全に落ちる。夕餉の刻も終わったのか、城に漂っていた飯の甘い香りもうすくなる。

半兵衛一行十数名は、目差しを交わらせうなずきあった。

「いくぞ」

半兵衛は襖に手をかけて、勢いよく開け放つ。具足を盛大に鳴らして、廊下を大股で歩く。久作と従者は手槍や弓、火縄銃を手につづいた。

こそこそするつもりはない。そうしてしまっては、日ノ本一の勇者であると証明できない。

廊下には襖で仕切られた部屋がつづいていた。宿直の番の侍たちの声が聞こえてくる。

「織田家が小牧山に巨大な城を造ったそうだ」

「小牧山から稲葉山城はすぐそこだ。太刀を突きつけられたようなものだぞ」

「つまり、織田家が本気を出せば、斎藤家などひとたまりもないということか」

「聞けば、家老の何人かも織田家と内通しておるそうじゃ」

半兵衛は足を止めて、襖を睨んだ。

臆病者め、と心中で罵声を浴びせる。

声の主のなかには、己を小便侍と馬鹿にした者もいるはずだ。にもかかわらず、夜になれば女子のように隣国の将を恐れている。

背後から舌打ちが聞こえてきた。振りむくと、久作がうすい髭のある口元をゆがめている。弟にも宿直の侍の弱音が聞こえたようだ。手槍の石突で、盛大に床を叩く。板がきしむ音が、夜の稲葉山城に鳴り響いた。

侍たちの声が止まる。しばらくして、ガラリと襖が開いた。

「粗忽者め。夜の城内だぞ、静かに歩かんか」

出てきたのは、筋骨隆々とした大柄な武者である。腰には大きな刀を二本差していた。

武者が眦をつりあげたのは、鎧や鎖帷子に身をつつむ半兵衛一行の出でたちを認めたからだ。

半兵衛は、口端を持ちあげて笑いかけた。

飛騨守の部屋は、廊下の一番奥だ。その間、誰にも見咎められないとは思っていない。逆に、派手に戦ってやるつもりだった。邪魔する者は、斬って捨てるだけだ。

幸いなことに、一本道の廊下なので飛騨守には逃げ場がない。

鯉口を切り、半兵衛は刀をぬいた。

「斎藤飛騨守殿を討つために参上した。どけ、とは言わぬ。そこもとにも職務があろう。尋常に勝負しようではないか」

半兵衛の口が自然と割れた。きっと今、白い歯を見せて破顔しているはずだ。

命を懸けた一合一合が、小便侍ではないことの証左となるのだ。そう考えると、刀をもつ手が歓喜でふるえる。

「いざ」と、声をかけたときだった。

「ひいい、敵襲だ」

半兵衛の気合いと武者の悲鳴が同時にあがる。振りおろした刀が虚しく空を薙いだ。屈強な武者は頭をかかえ、半兵衛の脇を素早くすりぬけた。あまりのことに、半兵衛一行は斬りつけることも止めることもできない。行く手と反対側の廊下の闇へと、男の背中はすぐに消えていく。

「ええい、うるさいぞ。騒ぐな」

次に出てきたのは、顔が傷だらけの豪傑だ。これまた、鎧姿の半兵衛一行を見る。

「いざ」と、気を取り直し刀をかまえた半兵衛に、指を突きつけた。

「て、て、敵だ。織田が攻めてきたぞ」

廊下に面した襖が一斉に開く。

すかさず、久作や従者が手槍をかまえて対応しようとした。

「う、うわあ。織田上総介が攻めてきた」

「助けてくれ」

「逃げろ、桶狭間の二の舞だぞ」

久作と従者が武器を構えおわる前に、宿直の侍たちは背中を見せて逃げ出す。

部屋は続き間になっており、襖を蹴破って半兵衛たちから離れようとする。

鼠のように逃げ惑う武者たちの様子に、半兵衛らは得物をにぎって立ちつくす。殺意をむけていない者を斬りつけるのは、ある意味で戦に勝つ以上の難事だ。

「半兵衛様、久作様」と、従者のひとりがにじりよる。

「今のうちでございます。はよう、飛騨守めの宿直の部屋へ」

従者は廊下の奥にある襖を指さした。主君斎藤龍興の寵愛をうける飛騨守の部屋だけは、続き間になっていない。

袋の鼠だ。

「いずれ、二の丸、三の丸から守兵がくるはずです。我らが命がけで押し止めます。愚図愚図していては、時を逸しますぞ」

十数人の従者は、狭い廊下をふさぐようにして壁を造りはじめた。

「うむ。相手は多勢だぞ。気をぬくな」

片頬をあげて従者は笑う。

「もとより生きようとは思っておりませぬ。半兵衛様の十文字の切腹に負けぬ武者ぶりを、斎藤家の侍どもに披露してやりますわ」

「兄者、こいつら、わしらの話を聞いておったぞ」

久作は微苦笑をたたえた。

たのもしい従者たちの視線が、半兵衛にそそがれる。それだけで、小便の臭いがうすまるかのようだ。だが、まだ完全ではない。

弟に目をやった。

「よし、いくぞ」

「おう、兄者」

床がぬけるほど強く、久作は石突を打ちつけた。

稲葉山城乗取りの三刻前
——二月七日　子の刻（午前0時頃）

廊下の一番奥にある襖に手をかける。たしかに人の気配が伝わってきた。力みそうになる己の体を自制するため、深く呼吸をする。

あえて、ゆっくりと襖を動かした。

金箔をあしらった屏風がある。鎧や刀が右の壁に飾られており、屏風のむこうには口を開けるかのように大きな窓があった。数個の燭台が、部屋を薄暗く照らしている。揺れる火が、壁や床に鎧の影を不穏に塗りつけていた。

どこだ。

半兵衛が素早く目を左右にやったとき、強い風が吹きこむ。

「あっ」と、久作が声をあげる。

猛る炎が、屏風の裏に隠れている人物の影を床に描き出したのだ。

「そこにいたのか、飛騨守」

怒号とともに久作の手槍がうなり、屏風を弾き飛ばした。うずくまっている、ひとりの武者の姿があらわになる。腕の隙間からのぞく顔には、針のように太い髭がびっしりと生えていた。

斎藤飛騨守である。

「ま、待て、待ってくれ」

飛騨守は、髭を割るようにして叫んだ。

半兵衛は仇を凝視する。宿直の番だというのに、寝間着姿ではないか。それどころか、身には寸鉄もおびていない。

丸腰の敵を斬っても、勇者とは誰も認めてくれない。

「いいだろう。待ってやろう。おい」

半兵衛は久作に目配せした。心得たもので、久作は鎧の横にある刀架へと歩み、大小二本の刀をつかんだ。

「受けとられよ、飛騨守殿」

久作が放り投げると、飛騨守はだくようにして受けとる。これで尋常に一騎打ちをする用意は整った。

「待て、待ってくれ。お主たちは織田の手の者だろう」

またか、という思いをこめて、兄弟は目を見合わせた。たしかにか細い燭台の火では、ふたりが何者であるかは判じ難い。が、刀をあわせる間合いになってもなお、竹中兄弟とわからぬのか。

失望のため息を、半兵衛は奥歯で噛み殺した。

「飛騨守殿」

「お、教えてくれ。お主らは、織田殿のどこの手の者か。柴田殿か、それとも佐久間殿か、あるいは森殿か」

飛騨守は、次々と織田家中の猛将の名をあげていく。

「わからぬか。己は竹中半兵衛だ」

飛騨守の目が虚空を泳いだ。

「な、なに、竹中だと。そのような名前の者が、織田家におるのか」

「ちがう。そなたと同じ美濃斎藤家の竹中はん……」

「そうか、わかった。最近、名をあげている木下藤吉郎殿の手の者じゃな」

半兵衛の言葉を塗りつぶすように、飛騨守が叫ぶ。突きつけた指は、恐怖で激しくふるえていた。

「まだ、わからぬか。そなたが、小便をかけた男だ」

面倒になったので、半兵衛は仇に顔を突きだした。

「よく見ろ、竹中はんべ……」

飛騨守は、頭を勢いよく床に打ちつけた。そして、絶叫する。

「た、た、たのむ。助けてくれ。わしは織田と鉾(ほこ)を交える気はない。後生じゃあ」

ふたたび半兵衛は名乗ろうとするが、飛騨守の命乞いの声に塗りつぶされるだけだった。

「も、もし生かしてもらえるならば、草履取りでも、槍持ちでも何でもいたしまする。厠の掃除をせよ、というならいたします」

最後の方は涙声になっていて、半兵衛の耳には聞き取り難(がた)かった。

「で、ですから命だけは。命だけは」

今までとは別種の怒りが、半兵衛の体をふるわせた。

「兄者、面倒だ。早く、やってしまえ。こ奴は、名乗りをあげる価値もない」

言われずともだ。

半兵衛は、仇の後頭部を睨む。視線を感じたのか、飛騨守は涙と涎で汚れた髭面を持ちあげた。

「小便侍と愚弄した報いをうけよ」

満を持して、半兵衛は刀を勢いよく振りあげる。

「ひぃぃぃ、お助けを」

飛騨守は、背中を見せた。窓へむかって走る。

切っ先が寝間着の襟をかすった。

剣風が、さらに飛騨守の正気を奪ったようだ。足を無秩序に回転させ、途中で燭台につまずき、倒れるようにして窓に当たった。

「あっ、あぁ、ひぃぃぃ」

飛騨守の体は外へと放り出されていた。

「しまった」

半兵衛と久作は駆けより、窓から上半身を乗り出す。

眼下には崖があるはずだが、ただ黒い海のような闇が広がるばかりだ。

目を細めて凝視していると、久作が半兵衛を押しのけた。手には燭台がにぎられている。

これを落として、崖下を見るというのか。

「それでは足りぬ。屏風に火をつけて、落とせ」

倒れた屏風を引きずり、火を移し、兄弟ふたりがかりで窓から放り投げた。転がる灯り(あか)は、途中で止まる。徐々に周囲の闇を薄めはじめた。

最初は猿かと思った。ひとりの男が、火の横で四肢を投げ出して倒れている。さらに半兵衛は首を突きだした。死体の顔の下半分が、黒い髭におおわれている。

「なんたることか」

斎藤飛驒守に間違いない。首があらぬ方向に折れまがっていた。

「おのれ、飛驒守め。まさか、錯乱して自ら飛び降りてしまうとは」

久作が、思いっきり壁を殴りつけた。そして、眼下の骸(むくろ)を睨みつける。

「兄者、どうする。これでは、仇が討てん。恥辱を雪(そそ)ぐ機会を失ってしまったぞ」

同じように崖下の骸を見つめつつ、半兵衛は黙考する。

「まあいい」

半兵衛の言葉に、久作が驚いたように顔をあげた。

「気にするな。恥辱を雪ぐ手段は、最初から勇ましく腹を切る以外にはないのだ。飛驒守めをこの手で殺すなど、余禄にすぎぬ」

「たしかに。十文字の介錯なしの切腹に比べれば、飛驒守の首を斬るなどは些末なこと」

　久作は何度も大きくうなずく。

「そういうことだ。では、気をとりなおして、切腹の用意をするか。はて、しかし、久作、妙ではないか」

　うなずきつづけていた弟の首が、やっと止まった。

「やけに静かだ。もう、斎藤家の守兵が駆けつけてもいいはずだが」

　半兵衛の疑問に、久作は辺りを見回した。耳に手をやり、音も探る。

　静かだった。

　物音はほとんどしない。風が吹きこみ、燭台の油が焦げる音がするだけだ。

　首をひねり、久作は考えこむ。

「たしかに……。これほどの狼藉をしたのに、剣戟を打ちつける音がしないどころか、兵どもが駆けつける気配さえありませぬな」

稲葉山城乗取りの二刻前
——二月七日　丑の刻（午前2時頃）

　半兵衛は、久作のもつ槍の穂先に目差しをやった。刃こぼれひとつしていない。半兵衛がもつ抜き身の刀も、目の前に掲げてみる。こちらも久作の手槍同様に、傷ひとつない。

当然だ。今まで一合たりとも打ちあわせていない。そして、今、斎藤勢が押しよせる気配はない。

昼の打ちあわせでは、今頃、従者と久作は異変に感づき殺到した二の丸、三の丸の守兵と、激しく斬り結んでいるはずだった。

久作が襖を開けて、廊下に目をやった。半兵衛も見る。

十数人の従者が壁を造っているが、みな武器を手にもつだけで、打ち下ろすどころかかまえてさえもいない。

「おい、ひとり、こっちへこい」

久作が声を飛ばすと、若い従者が駆けてきた。

「一体、どうしたというのだ。物音ひとつしないではないか」

なぜか不機嫌そうな口調で、久作は問う。

「はい、それが不思議なのです。宿直の侍はみな、逃散(ちょうさん)してしまい、二の丸、三の丸からくると思っておった斎藤勢も、いまだ姿をあらわしませぬ」

従者は戸惑いつつも言上した。

「一体何がおこったのでしょうか。斎藤刑部(ぎょうぶ)様は、何かを企(たくら)んでいるのでしょうか」

従者の反問に、久作は顔をしかめた。

斎藤刑部とは、竹中半兵衛らの主君・斎藤龍興のことだ。山上の城ではなく、普段は麓(ふもと)の屋敷に寝泊まりしている。この部屋からは、屋敷の様子はわからない。

「誰かを走らせて、探ってこい。たしかに何かの謀(はかりごと)があるかもしれん。なんといっても、ご主君は蝮(まむし)とよばれた斎藤道三(どうさん)公の孫であるからな。油断は禁物じゃ」

半兵衛の言葉に従者は素早く一礼し、廊下を走る。人垣が割れるが、たしかにその先に敵はいない。

「逆に好都合かもしれぬな」

小さくなる従者の背中を見つつ、半兵衛はつぶやいていた。

久作が襖を閉めながら「なにがじゃ」ときく。

「考えてもみよ。切腹の途中で乱入されて、取り押さえられでもしたら、末代までの恥の上塗りよ。これほどの静けさならば、半刻(はんとき)（約一時間）は時を稼げるであろう。切腹して果てるのに、十分なのはいうまでもない。また、死装束に着替えることも可能だろう」

久作は、高らかに両手を打ちあわせた。

「まさに、そのとおりじゃ。考えてもみれば、十文字の切腹を具足姿というのも無粋。やはり、白装束が武士としてふさわしかろう」

「うむ。その姿こそが、まことの勇者たる何よりの証左だ」

半兵衛の言葉をうけて、閉めたばかりの襖を久作がふたたび開けた。

「おい、わしの部屋に白装束があったはずだ。ひとりいって、取ってまいれ」

首を突きだして、久作は叫ぶ。その様子は、兄の切腹が待ちきれぬといった風情であった。

稲葉山城乗取りの一刻前

――二月七日　寅の刻（午前4時頃）

純白の裃に身をつつみ、竹中半兵衛は部屋の中央に立っていた。同じく裃姿に正装した久作が、うやうやしく短刀をのせた三方を前へとおく。

ゆっくりと両膝をつき、半兵衛は正座した。抜き身の刀をもった久作が、横にひかえる。

襟に手をやり左右に開き、腹を夜気にさらす。

つづいて短刀をぬき、染みひとつない懐紙で刀身をにぎった。

凪いだ湖面のようにすんだ心地なのを確かめ、半兵衛は深く深く安堵する。微塵の怖気もない。

己はやはり猛き武士だったのだ。

小便侍ではなかったのだ。

すこし顔を上にむけたのは、躊躇したからではない。天上にいる祖先、亡き父に、達観した己の表情を目に焼きつけてもらうためである。

「わかっているな」

「うむ、兄者が息絶えるまでは、決して首を刎ねん。腹を十文字に切り、思う存分に己の腸をばらまかれよ」

弟の覚悟に、半兵衛は満足した。

目と顔を、正面へむける。短刀をにぎる手の調子を整えた。万が一にも、しくじらないように。

静かに目をつむる。

刃を顔の高さに持ちあげた。

あとは、勢いよく振りおろし腹に切っ先を深くめりこませるだけだ。そして、横に真一文字にひき、つづいてまた振りあげて、今度は縦に一文字。

なんと、勇ましい死に様か。

体が小刻みにふるえている。これが、武者震いか。

いざっ、とにぎる手に力をこめたとき、異変がおこった。

血潮のような湿りが、突如として死装束を濡らしたのだ。それは下腹部から広がり、腰や太ももを濡らした。

なぜだ。まだ腹を切っていないではないか。なぜ、血が噴き出す。

否、血などでるはずはない。

ということは、これは返り血かっ。

そういえば、窓の外を確かめたのは、飛騨守の転落した直後だけだ。もし、忍びの者が崖伝いに窓の下まで密かに移動し隠れていたとしたら。

己の切腹を妨げるために、手裏剣を手に様子を窺っていたとしたら。

まず狙うのは、介錯の刀をもつ久作だろう。短刀をもつ半兵衛は後回しにするはずだ。

「おのれ」と叫んで、まぶたをあげた。

首を激しくめぐらす。右に左に。

侵入者は——忍びの者は……。

いない。

部屋には、呆然と立ちつくす久作がいるだけだ。口を半開きにし、半兵衛を見つめている。

一体どうしたというのだ。なぜ、惚けている。さきほどの覚悟は、どこへ消えた。

いや、そうだ。返り血を浴びたかのような、この下腹部の湿りは何なのだ。

目で確かめるより早く、鼻が別の生き物のように蠢いた。

「兄者、そ、それは」

久作の指が、半兵衛の股間をさす。

あの忌まわしい小便の臭いが立ちこめていることに、半兵衛は気づいた。それはさらに濃くなる。下から上へと這うように、半兵衛の鼻腔に吸いこまれていく。

ま、まさかっ。

恐る恐る首をおり、視線を己の股間へとやった。

「嗚呼」

耳に届いた情けない声が、己のものだと理解するのにしばしのときが必要だった。

ぐっしょりと、下腹部が小便で濡れている。

白い袴は変色し、紐からは雫が雨垂れのように落ちて、畳に黄色い水溜りを作っていた。

そして、つい今しがたのことを思い出す。短刀を振りおろす間際、武者震いと思っていたふるえは……あれは、まさか……、己が恐怖していたのか。

「ちがう」と叫ぼうとしたとき、襖が勢いよく開いた。

稲葉山城乗取りの刻

——二月七日　卯の刻（午前6時頃）

「半兵衛様、久作様、お待たせしました」

若い従者が勢いよく駆けこんできた。肩で息を継ぎつつ、半兵衛の顔を見る。

「さきほど、やっと逃げ遅れた門番を捕まえました。二の丸、三の丸の守兵が殺到せぬ訳がわかりましたぞ」

ゴクリと唾を呑んで、従者は間をとった。息を整えて、ふたたび口を開く。

「聞いて、お笑いなさるな。守兵がこぬのは、逃げたからでございます」

「逃げた」と、久作とふたりで復唱してしまった。

「はい。二の丸、三の丸の守兵どもは、我らを織田家の襲撃と勘違いしたのでございます。そして、ひとり残らず、否、麓のご主君までも逃げてしまったのでございます」

ハハハハと、従者は堪えきれぬ風に笑う。

「噴飯ものでございますな。二十人に満たぬ我らを、織田家の夜襲と勘違いして、ひとり残らず逃げ出すとは。まるで戦の最中に失禁する女子供のように、情けない所業……」

若い従者の顔が固まった。彼の目が、半兵衛の濡れた股間を捉えてしまったのだ。

誰も身じろぎさえしない。まるで時が止まったかのように、固まっている。

風が吹きぬけて、鬢の毛をゆらした。

フフフと笑ったのは、一体誰だ。久作か、それとも従者か。いや、ちがう。

己だ。

気づけば、笑声が半兵衛の唇をこじ開けていた。堤防が決壊するように、半兵衛だけでなくみなが笑い出す。久作は天井に顔をむけ、従者は腹をかかえている。

半兵衛は両手を後ろについて、尻餅をつく姿勢で破顔する。

愉快だった。

たった十数人の竹中勢を、織田軍と勘違いした斎藤家の侍の間抜けさ。

そんな間抜けに、決死の覚悟で戦おうとした己たちの滑稽さ。

極めつきは、と股間に目をやった。

あれほど勇ましく覚悟を決めていたにもかかわらず、失禁してしまう己の、

――いや、人間というものの不思議さ。

久作や部下たちは膝をついて、腹をよじらせている。半兵衛は目尻に溜まった涙をぬぐって立ちあがる。

笑いの残滓でまだ腹がひくついているが、顔は怜悧な表情を作ることができた。

腰に手をやると、湿った生地が指先を濡らす。

まず袴を脱ぎ、帯を解き、褌を外した。

あらわになった半兵衛の下半身に、風が涼しい空気を送る。

不思議だった。

数日前からずっとこびりついていた小便の臭いが、まったくしない。

盛大に失禁したにもかかわらずである。

窓の外の夜空を睨む。

「何が猛き武士だ。何が勇者だ。馬鹿馬鹿しい」

空にむかって、大声で言い放った。

「まったくもって、そのとおりでございます」

口や目を笑いで象った、久作と従者も同意する。

さらに乾いた風が、半兵衛の股の間を吹きぬけた。

「久作、己は生き方を変えるぞ」

山際の闇が稀釈されようとしていた。

帳を持ちあげるように、夜が消えていく。

やがて、朝日が差しこみはじめる。

「武や勇を誇ることの何と愚かしいことか」

腰を曲げ、手を床にやり、小便で濡れた褌と袴を摑んだ。

「小便侍――。上等ではないか」

半兵衛は、小便に濡れた袴と褌を窓の外に放り投げる。

「わしは今日限り、武を捨てる。勇を誇らぬ」

敵を出しぬくのに、そんなものは必要ない。そのことを、今宵嫌というほど知らされた。

山から顔をのぞかせた太陽が、完全に地から切り離される。

「今日からは、知略を武器に生きる」

生まれたばかりの太陽にむかって、後の天下人豊臣秀吉の軍師となる男は叫んだ。

「見ておれ。今宵のように、武の力にたよることなく、武士どもをたぶらかしてやる」

吹きぬける風は、部屋の空気を洗うかのようだった。あらわになった半兵衛の下半身も乾いてくる。

もう小便の臭いは、微塵もしなかった。

惟新(いしん)の退(の)き口(ぐち)

慶長五年(1600)九月十四日
未の刻(午後2時頃)
この十二刻(24時間)後、
島津が敵中突破する。

決戦の旅路は、有村にとって幾百年にも匹敵するかと思うほど永かった。

かつぐ鎧櫃は岩のように重く、肩紐が肉に深く食いこむ。櫃にくくりつけた火縄銃が、足の運びにあわせてカタカタと揺れた。もう休めと忠告するかのように、有村には聞こえる。

無理もない。

故郷の薩摩から船で上方へつき、それからは三日三晩、不眠不休で走りつづけた。足を止めるわけにはいかない。天下分け目の合戦に、間にあわなくなってしまう。

――惟新公の陣に、這ってでもたどりつく。誇りたかき薩摩兵児のひとりとして、何としても決戦に間にあわせる。

近江と美濃の国境の山道は絶壁にそってあり、片側には深い谷が広がっていた。足を踏みはずせば命はないが、慎重を期した結果、合戦に間にあわないぐらいなら、ここで転落死したほうがましだ。

美濃の地では、石田三成ひきいる西軍と徳川家康ひきいる東軍が激突しようとしていた。その数、両軍あわせて十七万。有村が禄を食む薩摩の島津家は、西軍に属している。

ぎりっと、有村の奥歯がなった。

武士ならば、この戦いに胸躍らせぬ者はいない。にもかかわらず、領国の島津家当主義久と次期当主忠恒は兵を派遣しなかった。上方にいる島津〝惟新〟義弘が、しきりに援軍の催促をしたというのにだ。これに憤った薩摩兵児たちは次々と領国を脱け、島津惟新のもとへとむかっている。

有村も、そのひとりだ。

「待っておれ、内府め。我ら薩摩兵児の恐ろしさ、存分に思い知らせてやる。日ノ本一は、徳川の武士ではないことを教えてやる」

ちぃえすぅとぉ、と絶叫をあげ、行く手をはばむ小さな崖を飛びこえた。

三日三晩を走りとおした体に疲れはない。逆に、力がありあまる。

だが、限界は体ではなく、鎧櫃が迎えようとしていた。

異音とともに、肩紐がちぎれたのだ。

「ああ」と、足を止めたが遅かった。

鎧櫃はなんとか両腕で抱きとめたが、くくりつけていた火縄銃は崖下へと落ちていく。

その様子を、有村は呆然と見送ることしかできなかった。

他国では火縄銃は足軽の武器だが、薩摩島津家ではちがう。誇り高き、侍の得物だ。侍自らが先頭にたち、正確無比な銃撃を繰りだす。これこそが、島津家の強さの秘密である。その要となる、得物を失ってしまった。

——どうする、取りにいくか。

だが、火縄銃ははるか崖下にある。道中で耳にした風聞が頭をよぎった。戦況は予断を許さない。岐阜城にあった家康の本陣が動き、島津惟新らがいる大垣城のすぐ横の赤坂に布陣したのだ。今、このときに天下分け目の合戦がはじまってもおかしくない。

「ええい、忌々しい」

片側だけ残った鎧櫃の肩紐を握りしめ、有村は深い谷底に背をむけた。そして、大地を蹴る。

島津の敵中突破の十一刻前

――九月十四日　申の刻（午後4時頃）

　大垣城には、西軍諸将の旗があちこちにひるがえっていた。

　一万七千の宇喜多家の〝兒〟の字の旗指物は、ひときわよく目につく。小西行長の四千、石田三成の六千九百の軍団の旗も同様だ。そのなかで、ぽつんと曲輪のすみに固まっているのが、十文字の島津家の旗だった。島津惟新ひきいる、千六百の軍勢である。

「おい、誰だ、貴様は」

　曲輪のすみに幕をはる島津陣に有村が駆けこもうとすると、手槍をもつ門番が行く手をさえぎった。

「あほう、朋輩の顔を忘れるな。有村じゃ。助太刀にきた。どけい。惟新公におあいしたい」

「待て、お主のような軽輩が目通りできるわけがなかろう。ひかえろ」

　有村は手槍を乱暴に振りはらって、かまわずにつき進む。

　やがて、床几にすわる老武者の姿が見えてきた。白にちかい灰色のひげが、口元やあご、ほおを苔のようにおおっている。鎧はきていない。籠手脛当てをつけた小具足姿だが、五体から発せられる威厳は、どんな鎧武者よりも厚く堅牢に思えた。

有村の足も、さすがに止まる。

島津〝惟新〟義弘——島津家現当主島津義久の弟で、次期当主島津忠恒の実父である。朝鮮泗川の戦いでは、七千の兵で四万ちかい明朝鮮軍を討ちやぶった。日ノ本では〝鬼島津〟と、明朝鮮からは〝鬼石蔓子〟と恐れられている。

「ほう、どうやら、また領国から勇ましき薩摩兵児があらわれたか。はるか遠きところから、ご苦労なことだ。しかし、見ない顔だな。名はなんという」

島津惟新の口調は、まるで孫に語りかけるかのようだった。

「はっ、有村と申します」

感激のあまり、名前までは伝えられなかった。それよりも、身のうちにくすぶる戦意を言の葉にのせたかった。

「惟新公よ、今すぐに陣をでて戦いましょう。赤坂の徳川内府とは指呼の距離。薩摩兵児の底力を、今こそ徳川の武士どもに見せつけるときです」

「無礼者、ひかえろ」

有村の前に、家老たちが立ちはだかる。

できまい」

「そういってやるな。我らを案じ、遠く薩摩からここまで馳せ参じてくれたのだ。無下には

島津惟新の言葉に、家老たちは苦い顔とともに体をひく。

「有村といったか、まだ戦う機ではない。お主も薩摩兵児のひとりなら、戦う機を見誤ることが、どれほど愚かなことかは知っておるだろう」

伝説の猛将からの言葉に、有村の両足が感激でふるえた。

「お主の気持ちはよくわかる。我ら薩摩兵児は、あの地獄の朝鮮の役でも一歩もひるまず鬼石蔓子と恐れられた。だが、日ノ本にもどってきてみたら、どうだ。朝鮮で一矢も放たずに、ぬくぬくと太平を謳歌した徳川の犬どもめが、大きな顔をしておる」

「そうでございます。どころか、卑劣にも天下を簒奪せんとしております」

有村が吠えると、またしても家老たちが「無礼者」と一喝した。が、無視して有村はつづける。

「勝敗などどうでもよいのです。生き延びようとも思いませぬ。徳川内府に——三河武士どもに目にもの見せてやるだけで」

有村の気迫に、家老たちも怯んだ。

「そのためにも、戦う機を見誤ってはならんのだ」

島津惟新の声音は大きくはなかったが、有村の心胆を寺鐘のように大きくふるえさせた。

「有村とやら、その闘志を忘れるな。戦機がくれば、お主の気迫を徳川の武者どもにぶつけさせてやる。それまでは、決して軽挙するな。力をため、決戦にそなえるのじゃ」

島津の敵中突破の十刻前
――九月十四日　酉の刻（午後6時頃）

夕暮れが、美濃の大地を覆いつくそうとしていた。大気にはかすかに水の匂いがまじっており、夜になれば雨になるかもしれない。

大垣城の曲輪のあちこちで、篝火がぽつぽつと焚かれている。そのうちのひとつで、島津家の武者たちと一緒に有村は輪をつくっていた。火のすぐ横には大きな木があり、枝からは一本の縄が垂れ下がっている。その先には、一挺の火縄銃がくくりつけられていた。くるくると回る銃口は、有村ら薩摩兵児たちの顔の高さにあわせられている。火蓋はきられ、火縄が突っこまれていた。その端部にともされた火が、じりじりと火蓋へ近づこうとしている。

全員の顔をなめるようにして、銃口が回っている。火種が火蓋へといたれば、弾丸が車座になる薩摩兵児の誰かにむけて発射されるが、誰も動じるものはいない。どころか、楽しげに談笑さえしていた。

肝練り（きもねり）といわれる、薩摩独特の度胸試しである。そんな薩摩兵児たちを、宇喜多家や石田家、小西家の武者たちが遠まきにして、気味悪そうな顔で眺めていた。

「折角の天下分け目の大合戦だ。ここにいるみなで〝色つけ〟をするのはどうだ」

有村の隣の男が、むけられた銃口に語りかけるようにいった。

「おお、いいではないか」

「やはり、色つけをするならば、徳川の武士どもだろう」

次々と男たちが賛同する。色つけとは、合戦前に討ちとる武者の名前を宣言することだ。普通に首をとるよりも、何倍も名誉なこととされている。

「ならば、一番手はわしからだ。徳川内府に色つけをする……と言いたいところだが、敵の御大将の首はさすがに惟新公にゆずらねばなるまい」

有村のむかいの男が悔しそうに口にすると、全員がうなずいた。

「そのかわりに、三河一の武勇と評判の本多平八郎（ほんだへいはちろう）（忠勝（ただかつ））の首をわしはとる」

「拙者は赤備えの井伊兵部（いいひょうぶ）（直政（なおまさ））だ」

「なら、わしは内府めの息子の松平下野守（まつだいらしもつけのかみ）（忠吉（ただよし））の首を色つけするぞ」

男たちが、つぎつぎと三河武士の名をあげていく。

のこるは、有村ひとりとなった。

「有村といったか、お主は誰の首を色つけする」

有村は、しばし考えた。名のある三河武士は、ほぼ出つくしている。

目をつむった。

なぜか、一面鈍色(にびいろ)の雲が広がっている。大粒の牡丹雪(ぼたんゆき)が、舞うかのようだ。地面を見ると、綿を敷きつめたように雪がつもっている。

「おれは井伊大老の首をとる」

気づけば、そう口走っていた。

まぶたをあげると、みなが怪訝(けげん)そうな顔でこちらを見ている。

「大老だと。敵の大老といえば、井伊ではなく徳川内府だけだろう」

「ああ、すまん。そうだったな。井伊だ。赤備えの井伊兵部のことだ」

なぜそんな言い間違いをしたのか、自分でも不思議だった。きっと戦場にいる興奮のせいだ、と苦笑した。

「おい、有村とやら、井伊兵部の首の色つけは、さきほど拙者がしたろう。聞いてなかったのか」

有村はすっくと立ちあがった。天頂は暗くなり、夕焼けの残照が山際にかすかに漂っている。吊りさがった火縄銃にともる火が、存在を主張しはじめる。

「ならば、井伊の首の色つけ、どちらがふさわしいか、銃に聞いてみよう」

ちょうど銃口が有村のほうをむいていたので、回転にあわせて歩きだした。

「あといくつも数えぬうちに、火縄は火をふく」

何人かがつばを呑みこんだ。

「もし、おれが傷を負っていなければ、井伊めの色つけはいただく」

銃口の動きにあわせて、一歩二歩と歩む。誰も反論する者はいない。七歩目をきざんだときだ。

とうとう、火蓋に火種が落とされる。

轟音がひびきわたった。

その刹那、風がふいていた。

火縄銃を結わえた縄がゆれ、弾みで銃口が跳ねあがる。

有村の髷をかすめるようにして、弾丸が通過していった。

頭をなでて、無傷だということをみなに示してみせる。

「見たであろう。火縄の弾丸は、おれの体には傷ひとつつけることができなかった。これこそが、神仏が井伊の首の色つけをおれに託した何よりの証拠だ」

島津の敵中突破の八刻前
——九月十四日　亥の刻（午後10時頃）

美濃の大地を湿らすようにして、雨がふっている。雨滴をうけて、篝火が苦しげにもだえていた。そんななか、西軍は粛々と動きはじめる。城の門から軍勢が列をなして出ていき、雨に湿る暗闇へと消えていく。

東軍の徳川家康が、とうとう動いたのだ。

赤坂に陣していた徳川家康は、中山道をとおり西へと進軍を開始した。関ヶ原から美濃の国境をこえ近江へいたり、そのまま大坂城を目指す魂胆である。

西軍もただちに、これに応じる。大垣城をでて、伊勢街道を西へ。

中山道と伊勢街道は、関ヶ原の地で交差している。ここで東軍を迎え討つことが決まったのだ。

「惟新公っ」

ぬかるみはじめた地面を蹴って、有村は叫ぶ。

「惟新公はおられますか」

粛々と行軍する軍の先頭へといたる。

島津惟新は、馬上の人となっていた。大柄な黒毛の馬にのり、般若のごとき形相で真っ暗な闇を睨んでいる。鎧はまだきておらず、従者のひとりが大きな鎧櫃を担いでその横に侍していた。

左右の従者のもつ松明が、島津惟新の闘志にこたえるように高く火柱をあげる。

「お主は、たしか有村といったな」

己のような軽輩の名を覚えていてくれたことに、有村の心は浮きたつ。

「耳にはいっておるぞ、お主ら肝練りをしておったそうじゃな」

有村は、童のように首をすくめた。曲輪に響きわたった銃声で、石田家や宇喜多家の侍と一悶着があったからだ。

「どうだった、鉛玉の味は」

「はっ、頭にかすりましたが、どうということはありません」

老将の顔に微笑がひろがり、般若のごとき形相がたちまち柔らかくなる。

「お聞きおよびでしょうか、肝練りの場で、わたしめは井伊兵部めの首を色つけしました」

「ほう、内府めの首はいらぬのか」

「はい、徳川内府めの首は、惟新公におゆずりいたします」

島津惟新は顔を夜空にむけ、快笑をまきちらした。

「殊勝なる心構えよな。それより有村よ、火縄銃はどうしたのじゃ」

「じ、実は……」

「まさか、ないのか」

「申し訳ありませぬ。美濃にくるまでの道中で、不覚にも落としてしまいました」

勢いをつけて、頭をさげる。

「頭をあげろ。遠き薩摩から、いや、それよりもはるかに遠いところから、命をかけてここまできたお主を、どうして責められよう」

頭をもどすと、島津惟新が従者になにごとかを指示している。布につつまれた長い棒のようなものを捧げもってきた。

「お主をまことの薩摩兵児と見こみ、これを託そう。見事に戦場で高名をあげてみよ」

布をはぎとって、有村は息を呑んだ。夜の闇を吸いこんだかのような、黒光りする火縄銃ではないか。銃身には、桜の花と葉の紋様がびっしりと刻まれている。

「どうしたのじゃ。嬉しくないのか」

首をはげしく左右にふる。

「身にあまる光栄です。この銃で、見事に井伊兵部めを討ちとってみせましょう」

目を細めた島津惟新が腕をつきだした。手には包みがにぎられている。受けとると、じゃらりと鳴った。鉄砲の弾丸だ。包みをあけ、なかをあらためると二種の光がまばたいている。ひとつをつまむ。金と銀が、手をにぎるかのようにまざりあっていた。猟師のあいだでは、金の弾丸は悪霊を、銀の弾丸は神祇さえも撃ちぬくと信じられている。そのふたつを兼ねそなえた弾丸だ。

「徳川めとの合戦のために、特別にあつらえたものだ。人知のおよばぬ遠きところからきた、お主に託そうではないか」

手にある弾丸が、ずしりと重く感じられた。

「我ら島津勢は寡兵だ。こたびの合戦で生きのこるのは難しいだろう。だが、それは覚悟のうち。力のかぎり戦い、見事に討ち死にして、その名を後世に残そうぞ」

そう笑いかける島津惟新の顔は、慈母のごとくやさしい。

有村の目が潤みだす。右手で乱暴にこすって誤魔化した。

「さあ、もう隊列にもどれ。脱走したと思われたら、つまらぬぞ」

有村は足を止め、深々と一礼する。島津惟新の乗る馬の蹄の音が十分に小さくなってから、顔をあげた。老将の体が、暗闇に呑みこまれるようにして消えていく。

島津の敵中突破の六刻前
――九月十五日　丑の刻（午前2時頃）

いつのまにか、霧がでていた。

有村は白い靄のなかを、泳ぐようにして隊列を逆行していく。念のため、島津惟新から拝領した鉄砲には金と銀の弾丸をこめ、火縄には火をともしている。

走るうちに、霧はどんどんと濃くなっていく。

足を止めた。

いつのまにか、隊列の足音が消えている。

おかしい、なぜだ。

火縄に息を吹きかけ、火種を大きくする。

声がどこからか、聞こえてくる。

「サク……ラ……モ……ガイ」

「桜？」と、有村は復唱する。

さらに耳をすます。

「イイ……」

色つけをした井伊兵部のことか。

「……ョ、ウ……イ」

「テ……チュ……ウ」

呪文のたぐいだろうか、まったく意味がわからない。

火縄銃をかまえた。

有村の視界がゆがむ。

白い靄が、怪しくうごめいていた。風ではない。なにかの意思をもつかのように、白い霧があちこちで集まりだす。

それらは蕾ほどの塊となり、水中を沈下するように落ちていく。手で受け止めると、じんわりと溶け水に変わった。

まだ秋だというのに、大粒の牡丹雪が降りそそいでいる。

有村の体が、はげしくふるえだす。

恐怖ではない。

なぜなら、死など怖くないからだ。

冷気が、有村の体を抱擁している。

奥歯が、カチカチと鳴った。

いつのまにか、足元には白銀の雪がしきつめられていた。冷たくなった足の指は、ほとんど感覚がない。口からは、白い息が漏れる。

「おもしれえ」

無理やりだったが、強がりの言葉をつむぐ。

「行く手を怪異が阻むなら、見事に払いのけるのみだ」

火蓋をきり、頬に銃床をきつくめりこませる。

悪霊の仕業か神祇のいたずらかはわからぬが、金と銀で鋳造した弾丸で撃ちぬけぬはずがない。

ぺろりと唇をなめ、銃の元目当（照門）をのぞき、銃身の先にある先目当（照星）を見すえる。

指の腹が、引き金にふれたときだった。

またしても、風景がゆがむ。

舞う雪が攪拌され、にじみだす。

足元の雪が舞いあがり、霧に変わる。肌を強張らせていた冷気は、いつのまにか消えていた。

うすい靄のなかに、有村はいる。

目を細めると、蛍火のようなか細いあかりが点々と等間隔にならんでいた。島津家の行軍の列だ。武者たちのもつ火縄銃の火種が、まばたいている。

銃を下ろすと、安堵の息が有村の唇をこじ開けた。

脂汗をぬぐい、葬列のように静かに行軍する仲間たちのもとへともどっていく。

島津の敵中突破の二刻前
——九月十五日　巳の刻（午前10時頃）

靄のすきまから、林のような影が見え隠れしていた。さきほどまでは忙しげに影は動いていたが、今は静かだ。西軍諸将の布陣が完了したのである。

西進する東軍を、鳥の翼のように迎え討つ鶴翼の陣。西軍の左翼は石田三成と島津惟新を中心とした軍勢、中央に小西行長、宇喜多秀家、大谷吉継ら、そして右翼は松尾山とその麓に布陣する小早川秀秋や小川、脇坂、朽木らの諸将。

一方の東軍の様子は、霧に阻まれてわからない。ただ、かなりの数が布陣しているのは、靄ごしの気配で伝わってきた。

靄が、ゆっくりと晴れようとしている。

有村は、島津惟新の本陣でその様子を凝視していた。

大将の島津惟新は、いまだ鎧を身につけていない。

瞑目し床几に座す様子は、神仏に祈りを捧げるかのようだ。

一発の銃声が、とどろいた。

全員が——島津惟新をのぞいたすべての武者がこうべをめぐらす。

音は右から——中軍の宇喜多勢の前方からだ。

白い靄のむこうから、閃光がまばたき、灰色の銃煙が広がっていく。

嚙みつくかのように、島津惟新がまぶたを開く。同時にすさまじい銃撃が鳴りひびいた。

「はじまったぞ」

霧が、急速に晴れようとしている。

押しだすのは、黒い生地に二本の波線が縦にはいった〝黒地に山道〟の旗指物——福島正則の軍勢だ。猛烈な勢いで、宇喜多勢へと攻めかかる。

引きずられるように、霧のむこうからふたつの軍勢も見えた。黒田長政と細川忠興だ。こちらは、西軍の左翼を受けもつ石田三成の陣へと襲いかかる。

大音響が鳴りひびいた。鼓膜だけでなく肌さえもしびれるほどの砲声。不覚にも、有村の両肩が跳ねた。

これは――大筒か。

石田三成の本陣から、巨大な灰煙が柱のように立ちのぼっている。

東西両軍入り乱れての大合戦が、あちこちで展開される。

「惟新公、はじまりましたぞ」

「お下知を。いつでも押しだせます」

島津家の陣は他家よりも奥まった位置にあり、眼前では小西行長らの勢が、東軍の田中吉政とはげしい矢戦を繰りひろげていた。

「まだ、その機ではない」

島津惟新は、ふたたびまぶたを閉じた。近習たちが、不安そうに目を見合わせる。

「し、しかし、このままでは功名をあげる機を逸しますぞ」

有村が駆けより、島津惟新を怒鳴りつけた。

「狼狽えるな」と、老将は目をつむったまま答える。

「西軍のすべてが戦っているわけではない。もっと周りに気を配れ」

島津惟新にいわれるがまま、有村は戦場を見渡した。

中軍と左翼は、矢戦から槍を打ちあわせる戦いへと移りつつあった。激しい火花が、あちこちで立ちあがっている。

が、右翼はちがう。松尾山に陣する小早川秀秋の軍は動いていない。そして、彼らを無視するように東軍は正面の宇喜多勢らに襲いかかっている。

「どういうことだ」

「なぜ、小早川殿は動かぬ」

近習たちがざわめく。

「金吾（きんご）（秀秋）の小僧めが」

島津惟新は、小さく吐きすてた。胸の前で結ぶようにして、腕を組む。

「奴は、東軍西軍どちらにつくか迷っている。いずれ西軍を裏切る。この戦に勝機はない」

目をつむったまま、そう言いきった。

では、われら島津勢はどうするのだ。まさか、一戦もせずに退くのか。

そう考えたのは、有村だけではない。この場にいる全員だ。無言の問いかけとなって、島津惟新に返答を促す。

「われらは戦う。そして勇ましく討ち死にする。だが、その相手が福島、黒田、細川らで満足か」

瞑目する島津惟新の言葉に、全員が首を横にふった。

「ならば、黙ってわが下知にしたがえ。薩摩兵児が命をかけるにふさわしい相手は、徳川内府とその配下の武士のみであろう」

島津の敵中突破の一刻前
——九月十五日　午の刻（午前12時頃）

島津惟新の陣中は、荒い息で満たされていた。有村も両肩を上下させなければ、呼吸がしがたかった。両目は、前方の大合戦に釘づけになっている。襲いくる福島、黒田、細川、田中の東軍の兵を、西軍の宇喜多、石田、小西らが果敢に迎え討っている。火花があちこちで咲き、銃煙と土煙が空の下辺をよごす。

時折、弓の一斉射撃が弧を描く。騎馬隊が雑草を踏みつぶすようにして足軽を蹴散らしたかと思うと、次の瞬間には長槍に串刺しにされ鞍から浮きあがった武者が、天に高々とかかげられる。

「ちくしょう、こんなすげえ戦は、朝鮮でも見たことがねえぞ」

隣にいる武者が、悔しそうにつぶやく。

有村は桜の紋が刻まれた火縄銃を、両手でぎゅっと握りしめた。そうしないと、戦場へと駆けだしてしまいそうだった。

気配がして、有村は後ろをむく。島津惟新に異変がおきていた。腕をかたく組む陣羽織姿はそのままに、目だけはかっと見開いている。黒い瞳が水晶玉のように輝いた。

「戦況が動くぞ」

そうつぶやいて、島津惟新は立ちあがった。

しんと、島津家の陣中が静まる。武者震いもぴたりと止まる。

島津惟新はゆっくりと腕をのばし、戦場の一角を指さす。

その先には、小早川秀秋らの約二万の軍勢がひかえている。島津勢とおなじく戦況を傍観しているが、なにかがおかしい。

東軍から、一団が駆けよってくる。松尾山の小早川勢へ攻めるつもりか。

いや、攻めるにしては、駆けよる東軍の数はすくない。数百人程度か。小早川はおろか、その前方に布陣する小川、脇坂、朽木らの小勢にもかなわない。

数百人の軍勢が一列にならび、火縄銃を突きつける。

采配する侍大将（さむらいだいしょう）が背に負う指物には、葵（あおい）の紋があった。

――あれは……徳川家康の鉄砲隊か。

そう悟った瞬間、鉄砲隊が火をふいた。

戦場に渦まく怒号に比べれば、その音は決して大きくはない。

しかし、銃声はなぜか有村らをはじめ、薩摩兵児の五体を痺れさせる。

小早川陣にある、鎌がふたつ交差した〝違い鎌〟の旗指物が不穏にうごめく。ねむっていた狼が、起きあがるかのようだ。

白い旗が、ぽつぽつと見えはじめた。

「なんてことだ」

有村の隣の武者がうめいた。

白い旗は、返り忠の証だ。小早川秀秋が、西軍を裏切ったのだ。

だけではない。

小川、脇坂、朽木らの陣からも、白旗が次々とあがりはじめる。

土砂崩れをおこしたかのように、小早川勢が山を下りだした。押しだされるようにして、小川、脇坂、朽木らの軍勢も駆けだす。

かまえられた槍と銃口は、東軍と戦う西軍の無防備な横腹にむけられていた。

いや、宇喜多勢の側面を守るかのように、ある一隊が布陣している。

大谷吉継の軍が立ちはだかっていた。まるで、小早川勢が裏切るのをはじめから知っていたかのようだ。

とはいっても、大谷勢は約三千の寡兵。対する小早川ら内応軍は約二万。

あっという間もなく、大谷勢は呑みこまれてしまった。

島津の敵中突破の半刻前
――九月十五日　未の上刻（午後1時頃）

大谷勢の旗指物は、津波に巻きこまれた木立を思わせた。西軍右翼だった小早川勢らが、次々とその旗指物を倒していく。大谷吉継の本陣にたてられた馬印に、銃撃が情け容赦なく浴びせられる。竿がくの字に折れまがり、馬印はあっという間もなく倒れふした。

そして、二度と起きあがってくることはなかった。

つづいて、小早川勢らが襲いかかったのは、西軍最大兵力をもつ宇喜多秀家の軍団だ。正面で猛将福島正則の攻撃を受けとめていた宇喜多勢には、小早川勢に対抗する術はなかった。紙を引きさくように、宇喜多家の陣地が蹂躙されていく。

喊声がして、有村は目をあわてて反対側へとやった。

石田三成の軍が押されている。すでに前軍が形を成していないのは、石田家先鋒の島左近が討ち死にしたのか。悲鳴が沸きおこり、また目をもどす。

島津勢の右前方に布陣していた小西家の軍兵が、次々と背中を見せはじめていた。槍や旗指物を捨てて、逃げだしていく。

とうとう、西軍が崩壊したのだ。

敗走と追撃の足音が、大地をはげしくゆらす。関ヶ原が、巨大な鼓に変じたかのようだ。

首をひねり、有村は島津惟新を見る。

「あっ」と、声にだしてしまった。

黒々とした甲冑に、島津惟新が身をつつんでいるではないか。

采配をもつ手を、前へとむけた。

「見よ、内府だ」

島津惟新の声には、喜色さえにじんでいた。

あわてて、有村らもつづく。

通常よりも、ふた回りほど大きな旗が見えた。お経のような文字が、書きつらねられている。目を細めるが、まだ遠くて有村には読めない。

「厭離穢土、欣求浄土」

目のいい武者のひとりが、旗に書かれた文字を読みあげた。

〝厭離穢土、欣求浄土〟は、徳川家康の馬印の文字だ。武田家との三方原の合戦以来、一度も倒れたことがないという伝説の馬印である。

徳川家康が戦場に姿をあらわしたのだ。

決戦の機は、とうとう熟した。

島津の敵中突破の刻

——九月十五日　未の刻（午後2時頃）

「ちィえすとォォっ」

有村の雄叫びが、関ヶ原の空に響きわたった。

周りの男たちも奇声をあげつつ、前進を開始した。黒毛の馬に乗る島津惟新を中心に、約千六百の薩摩兵児が戦場へと飛びだしていく。

だが——敵はいない。

福島、黒田、細川、田中らの軍はいることはいる。

しかし、島津勢をよけるようにして進んでいく。

――どういうことだ。我らを恐れているのか。

いや、ちがう。

島津勢を迂回した彼らが目指すのは、宇喜多家や小西家、石田家の軍勢だった。

「宇喜多中納言の首をとれ」

「小西摂津を討てば、大手柄だ」

「石田治部をやれば、国持ちの大名になれるぞ」

誰も、島津勢には見向きもしない。

「おのれえエ」

横を通りすぎる東軍の兵にむけて、有村は火縄銃を突きつけようとした。

「相手にするな。我らの敵は、内府とその配下の武士だけだ」

島津惟新の叱責が飛んできたので、舌打ちとともに有村は銃口をおろす。

「わが下知にしたがえ。かならずや、内府めの首をとらせてやる。進路を南東にとれ」

「まっすぐにいかぬのですか」

有村が怒鳴りかえす。

「このままっすぐにいけば、東軍のほかの諸将とぶつかる」

たしかに、今は敵の将が島津勢をよけてくれている。これ以上進めば、金森長近（かなもりながちか）、生駒一正（いこまかずまさ）らの東軍の諸将がひしめく道をとおらねばならない。家康の馬印は、その背後に見え隠れしている。

「われを信じよ。まずは南東へ進め、近づいてくる敵以外は無視しろ。だが、近づくものは、味方といえど容赦するな」

「おうっ」

全員が絶叫し、一斉に南東へむきをかえる。

崩壊しつつも宇喜多、小西、石田の軍勢は奮闘しているようだ。東軍がそちらにむかっているおかげで、さえぎる敵はほとんどいない。殺気と喧騒（けんそう）を背に感じつつ、島津勢は戦場を駆けていく。

「ここだ。みな、振りむけい。北へ進路をとれ」

島津惟新が手綱をひき、馬首をひるがえす。有村らが片足で大地を踏みしめると、土煙が舞いあがった。もう一方の足で、北へと力いっぱいに踏みだす。

「おおゥ」

歓声が、島津勢から立ちあがる。

視界が、広がっていた。

乱戦のなかで、奇跡的に一本の道ができている。島津惟新の反転の指示が早すぎても遅すぎても、無理だったろう。歴戦の勇将だからこその、神がかり的な采配だった。

あるいは、この老将は上空から戦場を俯瞰（ふかん）する、もうひとつの目をもっているのではないか。

そんな妄想さえよぎる。

なにより、ただ道ができているのではない。

視界の先にあるのは〝厭離穢土、欣求浄土〟の馬印だ。

有村の目でも読みとれる距離にある。

「かァ、かァれェ」

薩摩兵児たちが、島津惟新の号令とともに殺気を解きはなつ。

いくつかの小部隊がさえぎろうとするが、火縄銃をむけるだけで敵が戦慄（おのの）くのがわかった。

「のけぇい」と怒鳴ると半数が逃げだし、残りは槍と刀で苦もなく蹂躙（じゅうりん）できた。

あと半町（約五十メートル）も走れば、火縄銃の間合いに家康をとらえられる。

突然だった。

赤い壁が、有村らの前に立ちはだかる。

目をぎらつかせた、赤備えの武者たち。〝井〟の字をかたどった旗指物ということは、徳川四天王のひとり井伊直政の軍勢だ。

「井ぃ伊ぃっ」

有村は絶叫していた。

――性懲りもなく、またしても我ら尊王の志士の前に立ちはだかるのか。

すでに、弾丸は銃にこめられている。距離は十分だ。

ひとりの武者に、有村の目差しが吸いこまれる。

赤い胴に赤い草摺り、真紅の脛当てと籠手、兜も鮮烈な赤で塗られている。兜の横からのびる巨大な二本の角だけは、金箔で彩られていた。横には、赤い馬簾がたなびく馬印がある。漏斗をひっくりかえしたような木型が先端にあり、武者の角と同じ金箔がおされている。

井伊直政の〝金箔押蠅取形〟の馬印だ。

躊躇なく銃口をむけた。

銃床を頬にめりこませる。

ひとつ息を吸い、大音声を発する。

「薩摩島津家中、有村次左衛門(じざえもん)」

名乗ると同時に、隣にいた武者の火縄銃が火を噴く。

金の角をもつ赤武者に、弾丸が吸いこまれる。

首筋から赤いものが噴きだすのが見えた。人というより、鎧が血を流すかのようだ。井伊直政の巨軀(きょく)が、ゆっくりと傾きだす。

「おのれ。よくも、わしの色つけの首を」

叫びつつ、有村は走った。

味方の武者もつづく。

井伊直政を己の手で討ちとることはできなかった。

ならば、せめて名のある侍の首をできるだけ多くとる。惟新公が、家康の首をとるための露払いに徹する。総大将を討ちとられた赤備えの軍団は崩壊するはずだ。

しかし、予想がはずれた。

果敢にも、赤鎧の井伊勢は島津勢に立ちむかう。誰ひとりとして逃げない。

槍と刀がはげしく打ちあわされ、甲冑同士がぶつかり重い音をたてる。

井伊勢は――一歩もひかない。

どころか、ひとりふたりと島津の武者が倒れていく。それも前のめりではなく、仰向け(あおむ)けにだ。完全に相手の勢いが勝っている。かろうじて背をむけないのは、薩摩兵児のせめてもの意地か。

「なぜじゃあ」

有村は刀を無茶苦茶に振りまわした。

半狂乱になって、足をひたすら前へとだす。

よろめいた。

前へと一歩、二歩とたたらを踏む。片手をついて、なんとか転倒をまぬがれる。

いつのまにか、井伊家の武者たちの赤い壁を有村はすりぬけていた。

どうやったかは、覚えていない。ただ、体のあちこちが痛いのはわかった。

すぐ後ろでは、井伊勢と島津勢がはげしく戦っている。

前にむきなおる。

〝厭離穢土、欣求浄土〟の馬印が、大きくたなびいている。しだ飾りの兜をつけた小太りの将の姿が見えた。

手足がふるえるのは歓喜のためか、それとも神君とよばれる男を討つことを恐れているのか。

「行かせぬ」

若い——まだ少年の武者が、行く手を遮る。

「鈴木主馬正」と勇ましく名乗る少年を一閃した。浅かったが、頬に横一文字の傷を与えた。

さらに抵抗しようとしたので、あごを蹴り道をつくる。

「内府殿、お覚悟を」

火縄銃をかまえると、またしても大きな影が出現した。家康の姿を完全に隠す。

誰だ——

赤い甲冑をきた武者。

甲冑よりも鮮烈な色の赤が、あちこちに吹きこぼれている。これは、血しぶきか。

赤い頬当て、赤い兜、そして金色の角——井伊直政が有村の前に立ちはだかっていた。

その目は鎧と同化するように真っ赤に充血し、有村を見下ろす。


——なぜだ、なぜ立てる。


有村の目が、井伊直政の首筋に吸いこまれる。銃弾が深くめりこみ、血が止めどなく流れていた。間違いなく致命傷のはずだ。

「貴様らごとき木っ端武者の弾丸など、痛くも痒くもないわ」

血と一緒に、井伊直政は叫ぶ。首にうがたれた銃孔に手をやり、あろうことか指をつっこんだ。そして、なかのものを摘みだす。

血にまみれた弾丸が、指のあいだに挟まっていた。

「おのれ、化け物め」

銃口の狙いを、井伊直政の眉間にさだめる。

この間合いならば、面頬を貫き頭蓋を破壊できる。

なのに、指が動かない。

引き金にふれた人差し指が、凍りついたかのようだ。早く撃たねば、視界を横切る家康の姿が消えてしまう。

「撃つなら、撃て。だがな、天下国家を一顧だにせぬ島津ごときの弾丸では、我らは倒れぬぞ」

落雷が、その身に落ちたかと錯覚した。

「我らは、野心のために戦っているのではない。天下太平のためだ。乱世をただすために、内府様と奔走しているのだ」

手にある血まみれの弾丸を、井伊直政は有村の顔へ投げつけた。

「薩摩ごときの弾丸では、倒れぬ。内府様が天下を創りあげるまでは、決して死なぬ」

なぜだろうか。井伊直政の眉間を狙っている銃口が、徐々に下がっていく。持ちなおそうとするが、恐ろしく腕が重い。あえぎ声が、有村の唇をこじあけた。筋肉も悲鳴をあげる。

「失せろ。己の武辺にしか興味がない島津など、われらの敵ではない。わが太刀でもって殺すのも、もったいないわ」

井伊直政は首をひねる。宇喜多、小西、石田らの軍勢は、雲霞のごとく迫る東軍に囲まれていた。

「宇喜多、小西、石田らは弱い。貴様ら薩摩兵児よりもはるかにな。だが、奴らは天下国家を考え挙兵し、徳川の前に立ちふさがった。奴らは、我ら徳川が全力でもって叩きつぶさねばならぬ敵だ」

井伊直政はきびすをかえし、有村に背をむけた。すでに、銃口は地に落ちている。

家康の姿は、もう有村の視界には映っていない。

〝厭離穢土、欣求浄土〟の馬印がはるか遠くにぽつんとあり、やがてそれは戦場の騒乱のなかに消えていく。

井伊直政につづいたのは、有村の背後で戦っていた赤武者たちだ。宇喜多、小西、石田らを殲滅するために、家康のあとを追う。

戦場に、薩摩兵児たちだけがとり残された。

重い体をひきずって、有村らはもどる。黒光りする鎧に身をつつんだ老将が、立ちつくしていた。去っていく赤備えの軍団を呆然と見つめている。

かたりと音がして地を見ると、島津惟新の手にあった采配が土にまみれていた。

「なぜだ」と、老将は声をしぼりだす。

「なぜ、井伊は我らを無視する。なぜ、徳川は……我らと戦わぬ」

わなわなと、ふるえだす。

水滴が地に落ち、しみをつくっていた。雲ひとつなく晴れているから、雨ではない。あわてて島津惟新の顔を見ると、双眸(そうぼう)から滂沱(ぼうだ)として涙があふれていた。

「なぜ、戦ってくれぬ。なぜ、徳川の槍でわしを貫いてくれぬ。どうして、この老将に引導をわたしてくれぬのだ」

大地を殴りつけるが、そこには明朝鮮を恐れさせた猛将の面影はない。力なく地面をたたくだけだ。周りをかこむ薩摩兵児たちがうつむく。唇をかみしめ、血がにじむほど手を握りしめている。

「なぜだ。なぜ、戦ってくれぬ。わしを、武者として認めてくれぬのか」

声は限りなく湿っていた。

「惟新公」

有村は叫ぶ。そして、両手で椀をつくり、島津惟新の顔のしたへともっていく。

ぽたぽたと落ちる涙を受けとめた。

「この無念、有村次左衛門がかならずや晴らしまする。我ら薩摩兵児を無視した報いを、かならずや徳川めに返してみせます」

掌にたまったものを、口に近づける。

「たとえ、百年、二百年、いや二百六十年先になってもです」

言い終わるや否や、有村は一気に島津惟新の涙を飲みほした。

井伊直弼襲撃の刻
――安政七年（1860）三月三日　巳の上刻（午前9時頃）

有村次左衛門の顔に、冷たいものが降りかかった。

「う」とうめきつつ、まぶたをあげる。手で目をこすった。

いつのまにか眠ってしまったようだ。この寒さのなか、大事を前にして立ちながら寝るとは、おれも大したものだ、と苦笑する。顔にあたったものをぬぐってみると、大粒の牡丹雪だった。

江戸城桜田門の前で、有村次左衛門は待ちかまえていた。

大粒の雪が舞うように降りそそぎ、足元にやわらかく積もっている。

桜田門にいたる道には、江戸の民衆が大勢つどい、登城する大名行列を見物していた。それにしても、と有村次左衛門は自分の喉をさすった。さきほどの夢はなんだったのだ。ほんのすこしだけ微睡んだだけなのに、一日分もの夢を見たかのようだ。だけでなく、恐ろしく生々しかった。本当に、二百六十年前の関ヶ原の戦いに参陣していたかのようだ。

つばを呑みこむと、なぜか塩辛い味がした。

やはり変だ。

喉を片手でさすりつつ、もう一方の手の違和感に気づく。ゆっくりと開いた。

「こりゃ、どういうことだ」

掌からあらわれたのは、火縄銃の弾丸ではないか。抱きあうかのように、金と銀が丸く成形されている。夢で、島津惟新公からさずかった弾丸とそっくりだった。

「有村殿、そろそろだな」

声をかけたのは、水戸家浪士の森という男だ。

「もうすぐ、大老の井伊直弼の駕籠がとおるはずだ。ぬかりはないだろうな」

「当たり前だ。薩摩兵児をなめるなよ。水戸藩の方々の足手まといにならぬ自信はある。なんなら、大老井伊の首の色つけでもしようか」

「色つけとは、また戦国武者のようなことをいわれる」

森は微笑をうかべる。その背後には十六人の男たち。森をあわせて十四人の水戸家浪士、常陸の神官が三人、有村次左衛門は今回の襲撃者のなかで唯一の薩摩島津家の浪士だ。合計、十八人の男たちで、大老井伊直弼を襲う。

「では、手はずどおりやるぞ」

森が懐から見せたのは、ピストルである。桜の花と葉の紋様が、銃身に美しく刻まれている。

十七人の烈士は同時にうなずいた。それぞれの持ち場に散り、大名行列の見物をよそおう。

一昨年から昨年にかけて、大老井伊直弼は尊王攘夷の大名や志士、公卿たちをきびしく弾圧した。吉田松陰らの俊英は命を落とし、一橋慶喜や松平春嶽らの英明な大名は隠居や謹慎を余儀なくされた。このままでは、日ノ本は夷狄の侵略をうける前に、内患によって蝕まれてしまう。

有村次左衛門らは、天下国家のために天誅をおこなうことを決意した。

「きたぞ」と、誰かがいった。

雪のなかから、大名行列の姿がぼんやりと浮かびあがる。

先のとがった木型に金箔をおし、その下には赤く美しい馬簾がいくつも風になびいている。〝金箔押蠅取形〟の馬印だ。戦国時代に赤備えと恐れられた武者たちの子孫の行列が、粛々と桜田門に近づいてくる。

直訴状を手に、森が駆けだす。

「ええい、無礼者、ひかえろ」

「大老井伊掃部頭様の行列と知っての狼藉か」

井伊家の武士たちが騒然とするなかを、森が決死でかいくぐる。

ひそむ有村次左衛門らは、刀の鯉口をひそかに切った。

全員が重心をしずめ、気をたかぶらせる。

なぜか、有村次左衛門の心だけは醒めていた。

——きっと、我らの剣は世を完全に変えることはできない。

「だが」と、雪のなかでひとりごちる。

新しい世を創るさまたげを取りのぞくことはできる。大老の井伊直弼とは間違いなく刺し違える。にぎったままの拳に息を吹きかけ、指を温めた。

——それで、十分だ。

あとは、領国の仲間たちにたくす。
切り開いた道を仲間たちが駆けぬけて、新しい世を創りあげてくれればいい。
そのためなら、喜んでこの命を犠牲にしよう。
森が、直訴状を放りなげた。
隠しもっていた拳銃を駕籠へ突きつける。
一発の銃声が、桜田門のすぐ手前で響きわたった。
見物の群衆から悲鳴が沸きおこる。
有村次左衛門は、温めていた掌を開く。
金と銀が抱きあう弾丸があった。
掌にあった火縄銃の弾丸を、口のなかに放りこみ、ごくりと一息で呑みこんだ。
「惟新公、よくよく、ご覧あれ」
無意識が、そう絶叫させた。
抜刀し、「ちィえすとォォ」とうなる。

かつて関ヶ原で島津家を阻んだ赤備えの武者たち。
その子孫たちの行列へと、ひとりの薩摩兵児が駆けこんでいく。

国士無双

慶長二十年（1615）五月六日中の刻（午後4時頃）
この十二刻（24時間）後、
長宗我部盛親は大坂城を脱出する。

今日は、死ぬには佳き日ではない。

長宗我部盛親は、そうひとりごちた。

小高い丘から大坂の平野を見渡す。きる甲冑からは、硝煙と血の匂いが濃くくすぶっていた。さきほどまで槍をふるっていた腕は痺れ、感覚は半ば失われている。

目の前の平野には、傷ついた自軍の武者、大将を喪い壊滅した木村重成や後藤又兵衛の敗兵たちがいる。まるで砂をばらまいたかのように、無秩序だ。だが、そのうちの何人かは長宗我部盛親を見つけたのか、意思をかすかに感じさせる足取りでこちらを目指している。

そのむこうでは、徳川軍の旌旗が林のように翻っていた。

大坂城にこもる豊臣秀頼を討伐するために、徳川家康が約十七万もの大軍を催したのは一月前のこと。昨年の講和で、城の内外の堀を埋められた豊臣方は籠城策をとれなかった。長宗我部盛親らは野戦に一縷の望みを託し、出陣する。そして、徳川方の藤堂高虎と、未明から正午にかけて激戦を繰りかえした。藤堂高虎を退かせることには成功したが、そのときには長宗我部盛親麾下五千に、無傷の者はいなくなってしまった。さらに、友軍の将、木村重成、後藤又兵衛が戦死したとの報せが届く。

盛親が崩したのは徳川勢の一角にしかすぎず、新手がさらに押しよせんとしていた。

「殿、いかがいたします。敵が迫りつつありますぞ」

傷だらけの旗本が、列をなす敵の旌旗を指さした。距離があるので、すぐに鉾を交えることはない。だが、一刻（約二時間）もすれば、矢戦の間合いになる。

「戦いましょう。今こそ、関ヶ原の汚名を雪ぐ絶好機です」

徳川軍十七万を相手に勝てるとは、誰も思っていない。にもかかわらず、旗本の声には喜色があふれている。

十五年前の慶長五年（１６００）、関ヶ原の戦いで、盛親ら長宗我部勢は活躍できなかった。だけならいい。一戦さえも叶わなかった。家康の背後をつく南宮山に布陣しながら、先陣の吉川広家が不戦を貫いたためだ。

結果、盛親は五千の精兵を用意しながら、一弾一矢さえも射ちこまず撤退した。

「木村様、後藤様のように勇ましく散り、その名を後世にとどめましょう」

盛親の体が、強い武者震いに襲われた。

と同時に、こうも口走っていた。

「死ぬには、佳き日ではない」

部下たちが怪訝そうな目をむける。

「今、討ち死にしても、兄の死を超えることはできない」

何かに気づいたかのように、武者たちが目を見開いた。盛親の兄の長宗我部信親は二十九年前の天正十四年（1586）、九州・戸次川の戦いで、島津勢の手にかかり討ち死にした。十二歳の盛親もいた。初陣である。初めての戦場だったが、目にする兄の戦い様が尋常でないことはすぐにわかった。刃渡り四尺三寸（約百三十センチメートル）の大薙刀をふるい薩摩兵児八人を斬り伏せ、それが用をなさなくなると大太刀で六人を斬り伏せた。

そして、初陣の盛親をはじめ多くの武者を撤退させた後に、力つきて首を討たれた。その死に様は、敵である島津家も賛辞を惜しまなかったほどだ。

――今、戦い散っても、兄の死に様を超えることはできない。

亡き兄に代わって長宗我部の家を継いだからこそ、盛親は武士として最高の散り様を見せなければならない。

だからこそ、盛親は関ヶ原で撤退したのだ。

だからこそ、改易され牢人暮らしを余儀なくされても、盛親は自死しなかったのだ。

いつか豊臣方と徳川方で合戦がおこると信じ、生き恥をさらしつづけた。家塾を開き、細々と糊口をしのいだ。目論見通り、大坂の陣が勃発した。長宗我部家の旧臣たちと大坂入りし、牢人大将のひとりとして軍の采配をまかされた。

ただ惜しむらくは、この場には藤堂高虎などの雑魚しかいないことだ。

どうせ闘死するなら、家康秀頼両雄を前にする戦場のほうがいい。

「あの木立にいる武者たちがもどりしだい、大坂城への撤退を開始する」

家臣たちがざわめいた。

「勘違いするな。逃げるのではない。戦うために退くのだ。ここは、最期の戦場にはふさわしくない。約束しよう。お主らに、一世一代の大舞台を用意してやる」

盛親大坂城脱出の十一刻前
——五月六日　酉の刻（午後6時頃）

暮れなずむ空に、大坂城がにじみだしたころだった。

退却途中の長宗我部盛親は、一騎の武者が近づくのを認めていた。最初は真田家の軍使かと思った。赤い甲冑で全身をつつんでいたからだ。しかし、背に負う旗指物には六文銭の紋はなく、かわりに〝井〟の字が大きく染められている。

赤備えは赤備えでも、真田家ではない。徳川四天王のひとり、井伊家の軍使だ。

「いかがいたします。追いかえしますか」

「他ならぬ井伊家の使者だ。面会しよう。しばし、行軍を止めろ」

盛親と井伊家は特別な間柄にある。

関ヶ原敗退後、盛親は赦免工作に奔走した。長宗我部家の改易が決まる前のことだ。そのとき、徳川方の取次役が井伊家先代の井伊直政だった。門前払いをするには、因縁がありすぎる相手だ。

「ほう、まさか、鈴木殿がご使者とはな」

盛親の前にとおされた軍使は、鈴木主馬正だ。歳のころは三十。昨年の冬の陣では、井伊家の先鋒をまかされた。

「右衛門太郎（盛親）様、お久しゅうございます」

鈴木主馬正は深々と頭を下げた。頬には、若くして参戦した関ヶ原の戦いで負った刀傷が真横に大きくはいっている。

「残念ながら、敵であるお主と長々と話はできん。用件はなんだ」

「はい、今からでも遅くありませぬ。降伏なさいませ。わが主が、内府様に口利きいたします。すくなくとも、数千石の旗本として遇する用意があります」

盛親は失笑をかえす。関ヶ原以後の生き恥に、さらに屈辱を上塗りするようなものだ。

「栄達を望んで豊臣についたのではない。兄の死を超える戦いぶりを、満天下に見せつける。それだけが、わが望みだ。徳川に降れば、今までの奮戦が水泡に帰す」

「そのお考え、変えていただけませぬか」

「それは請け合いかねる。さあ、もう話は終わりだ。帰られよ。明日は、正々堂々戦おうぞ」

しかし、鈴木主馬正は動かない。

「似ていますな」と、ぽつりとつぶやいた。

「似ている……だと」

「はい」

「誰にだ」と、思わず尋ねてしまった。

「関ヶ原で、わが先代（井伊直政）が島津家の前に立ちはだかったのはご存じでしょう」

盛親は、慎重にうなずく。関ヶ原で敵中突破を試みた島津惟新は、家康本隊の横腹を襲う位置につけた。そのとき、家康の楯となったのが井伊直政の手勢だ。敵の火縄銃で深傷を負いながらも、島津惟新の軍勢を命がけで防いだ。

「若輩ながらも、私は関ヶ原の陣におりました」

そういう、鈴木主馬正の頰の傷がぴくりと動いた。

「ですので、よく覚えております。先代直政公が島津勢の前に立ちはだかったとき、ひとりの薩摩兵児が火縄銃を突きつけました。そう、ちょうど、今の右衛門太郎様との間合いぐらいでしょうか」

つまり、外しようのない距離ということだ。

だが、その若き薩摩兵児は火縄銃を放たなかったという。

「その薩摩兵児、有村次左衛門（ありむらじざえもん）と名乗りましたが、先代の言葉で撃つのをためらい、とうとう断念したのです」

「ご先代の言葉とは――直政公は、何とおっしゃったのだ」

「天下国家、です。天下国家を一顧だにせぬ島津ごときの弾丸では、我らは倒れぬ――そう叫びました。私の言葉に直せば、島津家の武者は、匹夫（ひっぷ）にすぎない、と」

「あの島津家の武者たちを、直政公は匹夫といったのか」

盛親の肌がかすかに粟立つ。二十九年前の戸次川での島津勢の戦いぶりを、体が思い出したのだ。

「いかに強くとも、天下国家を考えぬ者どもを我らは敵とはみなしませぬ。我らが鉾を交えるのは、天下国家のために働く国士のみ」

盛親の口のなかに、苦い唾があふれる。

「その言葉を聞き、有村と申す武者はとうとう火縄銃の筒先を大地に下ろしたのです。右衛門太郎様は、その有村と申す薩摩兵児に似ております」

「つまり、わしは匹夫にすぎぬ、そう言いたいのか」

「はい、そうです」

悪びれることなく、鈴木主馬正は答えた。

「ですが、過去の右衛門太郎様はちがいました。関ケ原敗戦後、民のために領国を戦火から守り、家臣のためにお家存続の道を必死に模索しておられました」

盛親はうつむく。

井伊直政を取次とした赦免工作は順調だった。土佐国を手放すことにはなりそうだったが、替地をもらい家臣を養う道には目処がついていた。

「先代直政公はおっしゃっておりました。領民や家臣のため、戦いをさける右衛門太郎様こそ、国士である、と」

思わず、鈴木主馬正を凝視してしまった。

「国士だからこそ、先代は右衛門太郎様の赦免に奔走したのです」

長宗我部家は、存続するはずだった。

だが、事件がおこる。盛親が上洛したときである。大局を理解せぬ部下が、反乱をおこしたのだ。あろうことか、土佐を訪れていた徳川家の使者の宿所を兵で囲った。世に言う、浦戸一揆である。上洛していた盛親には、それを止める術がなかった。

ちなみに、そのとき、長宗我部家臣団に宿所を囲まれたのが、今目の前にいる鈴木主馬正の父親だった。長宗我部家に宛行われるはずだった替地は消滅し、土佐国を取りあげられ、盛親は牢人を余儀なくされる。

「己の死に様のみを考える今の右衛門太郎様は、匹夫にしかすぎませぬ。匹夫として死ぬのではなく、国士として生きてください」

強固だった盛親の意志が、かすかにゆらぐ。改易後も、盛親は大名復帰をあきらめなかった。井伊直政が、家康の翻意を促すことを期待したのだ。が、関ヶ原でうけた鉄砲傷が悪化し、十三年前の慶長七年（1602）に井伊直政は病死。これにより、長宗我部家復興の道は完全に絶たれた。

「国士か」と、盛親はつぶやいた。その声はおどろくほど弱々しい。

まさか、己は弱気になっているのか。

地面に落ちた影が、漂う暗がりと同化しはじめる。

家臣たちの目差しを感じ、頭をあげる。

長宗我部家の武者たちは、全身が血泥で汚れていた。手足を失った者も多い。顔からは血の気がひいていたが、目は爛々（らんらん）と輝いていた。

誰も生き永らえようとは思っていない。みな、死に場所を求め大坂へつどったのだ。盛親は彼らの望みを叶えてやらねばならない。

「やはり、降ることはできん。集まってくれた家臣たちのためにも、わしは誰よりも美しい死に花を咲かせねばならぬのじゃ」

そう言い捨てて、盛親は鈴木主馬正に背をむけた。

盛親大坂城脱出の十刻前

——五月六日　戌（いぬ）の刻（午後8時頃）

最後の軍議が開かれていた。

大坂城の評定（ひょうじょう）の間のことである。上座には六尺五寸（約百九十七センチメートル）の巨漢・豊臣秀頼が座し、それを守るように侍女や女房衆がひかえていた。みな、鎧（よろい）を着込み、薙刀（なぎなた）を手にしている。一際、背の高い女人は秀頼の生母・淀殿（よどどの）だ。居並ぶ諸将に、威圧するような目差しをそそいでいる。

大坂城ならではの光景だが、何度見ても盛親は慣れることはできなかった。

そして、案の定、軍議は淀殿ら女房衆にかき乱された。

「お拾い様（秀頼）を戦場に出すことはなりませぬ」

淀殿が羅刹の形相でわめく。下手をすれば、反対する者を薙刀で薙ぎはらいかねない勢いだ。

真田左衛門佐（幸村）はじめ、牢人大将たちが苦虫を嚙みつぶす。徳川方に勝利する唯一の策が、豊臣秀頼が陣頭にたつことだ。しかし、それを淀殿が反対している。

空気が重くなり、諸将の五体に粘りつく。誰も、淀殿の気持ちを覆すことができない。

唯一、できるとすれば……。

みなの目差しが、巨漢の総大将へと束ねられる。

「私は城を出ぬ」

秀頼は野戦に討ってでないことを決断した。

何人もの大将が顔をゆがめる。憤りを必死に抑えているのだ。

盛親にも、若干の落胆はある。が、感情はそれほど乱れていない。

己の働きを満天下に見せつけるのが目的であれば、秀頼が陣頭にたたないほうがいい。秀頼が活躍すれば、盛親の戦いが陰ってしまう。

真田左衛門佐や毛利勝永ら牢人大将たちの手前、憤りの表情はつくっていたが、内心では冷静に軍議の推移を見守っていた。

野戦に討ってでる先鋒や二番手、三番手の将が次々と決まっていく。

盛親の背後にひかえる従者がざわつきだす。いつまでたっても、盛親の名前が呼ばれなかったからだ。とうとう、城をでて戦うすべての将の配置が決まった。

「長宗我部殿には、後詰をお願いしたい」

「な、なんとおっしゃられた」

大野治長の言葉に、盛親の従者たちが立ちあがる。

「なぜ、我らが後詰なのですか」

「長宗我部家には、攻め手をまかせられぬと仰せか」

唾をとばし、従者たちが大野治長を詰る。身分を考えれば許されぬことだが、最後の軍議ということもあり、大野治長らはあえて咎めなかった。

「仕方ないであろう」と、逆に優しささえ感じさせる口調で諭す。

「こたびの戦いで、長宗我部勢は奮闘した。結果、多くの死者がでた。明日の野戦を引きうけるのは、無理だ」

事実、赤く染まったさらしを、盛親主従は体のあちこちに巻きつけていた。

それでもなお、部下たちは戦陣にたちたいと懇願する。

「よい、退がれ」と、盛親が部下たちを制す。

「しかし」

「この期におよんで、先鋒も後詰もないわ」

部下にだけ聞こえるようにつづける。

「豊臣に勝ち目はない。万にひとつも、だ。滅びは必定。ならば、考えるべきは後世にいかに名を残すか」

盛親は顔を前にもどす。そして、想像した。

真田左衛門佐、毛利勝永、明石全登らの豊臣方が全滅し、徳川勢が城に殺到する。大坂城天守閣の足元に翻るのは、黄色地に黒丸がみっつ縦にならんだ〝地黄に黒餅〟の長宗我部家の旗指物だ。

波のように迫りくる徳川の軍勢に鉄砲を浴びせ、兄ゆずりの大薙刀をもった盛親が突撃する。

家康と秀頼が見守るなかで、壮絶な闘死を遂げる。

口元が緩むのがわかった。

明日は、死ぬには佳き日となる。

それだけは、間違いない。

盛親大坂城脱出の八刻半前
——五月六日　子の上刻（午後11時頃）

評定の間をでる諸将の様子は、合戦を終えたかのように疲弊し、同時に仇敵にまみえたかのように憤っていた。

明日、秀頼は出陣しない。救いは、それ以外の布陣は諸将の希望通りになったことぐらいか。

「殿、京より文が届いております」

評定の間をでてすぐに、旗本のひとりが近づいてきた。

「誰からだ」

「照丸殿という方です」

「ほお、照丸からか」

自身の相好が崩れるのがわかった。受けとって、文を目の前で開く。

闊達な文字が、ならんでいた。

照丸――盛親が京で寺子屋を営んでいたときの教え子だ。他の教え子の近況や京の町の様子、盛親の安否を気遣う内容などがならんでいる。

「ご返書は、いかがいたしますか」

すこし考えてから「そんな暇はあるまい」と答えた。

「ですが――」

文を読む様子から、盛親にとって大切な人だとわかったようだ。

「返事は書かぬ。明日のわしの死に様が、何よりの返事よ」

文を丁寧に折りたたみ、懐にしまった。

「うん」と、つぶやく。評定の間から、激しく詰る声が聞こえてきたからだ。甲高い声は、間違いなく淀殿である。

妙だな、と思った。

淀殿が狼狽えている。評定の間で、秀頼出撃に反対したときとはちがう。たしかに、あのときも激していた。が、すこし趣きが異なっている。怒気よりも、恐怖や混乱のほうが今ははるかに大きい。

一体、誰と言い争っているのだ。

耳をすましていると淀殿の声が止み、静かになった。出てきたのは、傷だらけの月代をもつ老武士だった。

「なんだ、松浦か」

あらわれた老武士は、松浦弥左衛門だ。豊臣家に永くつかえた忠臣である。淀殿が秀頼を出産した際、捨て子は育つという言い伝えにより、赤子の秀頼は道に捨てられた。〃お拾い様〃と人々に呼ばれる愛称の由来である。秀頼を拾う芝居をしたのが、目の前にいる松浦弥左衛門だ。関ヶ原では西軍につき敗北し、その後潜伏し行方をくらませた。大坂の陣がはじまるや姿をあらわし、秀頼のもとに駆けつけた。

「これは、右衛門太郎様」

松浦は丁寧に頭を下げた。

「珍しいな。お主が、淀殿と口論とは。何を争っていたのだ」

「いえ……大したことではありませぬ。ただ、みなの気持ちを考え、再度、お拾い様のご出陣をお願いいたしました」

目線をあわせず、松浦は言う。

おかしい、と思った。こやつは何かを隠している。そう、直感が告げた。

「そういえば、照丸から文が届いたぞ」

懐にしまったばかりの文を取りだすと、松浦の眉がぴくりと動いた。

十年前の慶長十年（1605）、死んだと思っていた松浦弥左衛門が京で牢人暮らしをしていた盛親を訪ねてきた。伴っていたのが、十三歳の照丸だった。聞けば、亡くなった妻の親戚筋の子だという。松浦は照丸に学問を教えるようにたのみ、いずこかへと消えていった。そして豊臣方が挙兵して、大坂城で盛親と松浦は再会したのだ。

「照丸め、お主にあいたいと殊勝なことを書いておったぞ」

さっと、松浦の顔色が変わる。

「照丸に、私が大坂におることを教えたのですか。もし、照丸が大坂城にくるようなことがあれば、いかがなさるおつもりか」

胸ぐらをつかまれかねない、松浦の勢いだった。

「安心しろ。照丸は、今は京だ。その証拠がこの文だ。つい今しがた届いた」

松浦が、文を引っ手繰(ひったく)る。

内容と日付を素早く検(あらた)めて、「よかった」と安堵(あんど)の息をついた。

「お主、我々に何か隠していることがあるだろう」

照丸の文をかえされるその瞬間に、盛親は疑問をぶつけた。顔色に変化はなかったが、文をにぎる松浦の手がふるえたのを見逃さなかった。

「さあ、隠すとは、一体何のことでございましょうか」

表情を消して、松浦は答える。

「なぜ、照丸の身を案じる」

「あれは、亡き妻の遠戚の子。妻が気にかけていたことは、おあずけするときに説明したはず」

ふん、と盛親は鼻で笑う。

「気に食わんな。が、いいさ。あえて、これ以上は詮索せん。どうせ、我らは明日までの命」

緊張していた松浦の体が、かすかに弛緩するのがわかった。

「誰しも、地獄までもっていきたい秘密のひとつやふたつはあろうしな」

盛親大坂城脱出の六刻前

——五月七日　寅（とら）の刻（午前4時頃）

長宗我部盛親は、陣屋のなかでまどろんでいた。水底に沈むように、眠りへと落ちる。

冬枯れた、小さな庭が見えた。

首をめぐらせると、板間の部屋に文机がならんでいる。

これは……京で牢人暮らしをしていたころの住処ではないか。

人生の最後に見る夢がこれか――と盛親は苦笑を漏らした。明朝にそなえ、もっと勇ましい夢を見たかった。四国を統一寸前まで切り取った父の長宗我部元親、剛勇と誉の高い兄の長宗我部信親、このふたりのどちらかと夢でもいいからまみえたかった。

ふと、夕刻にあった井伊家の使者、鈴木主馬正の言葉を思い出す。


――国士として生きてください。


「国士か」と、つぶやいた。

父と兄こそ、盛親が国士と認める武士だった。

父は武略で長宗我部家の未来を築き、兄は戸次川で殿になることで、若き武者の未来を守った。

その一方で己はどうか。

思考が中断したのは、懐かしい声がしたからだ。「先生」と、呼びかける者がいる。

振りかえると、ひとりの少年がたたずんでいた。いや、鬚のそり跡がある。歳のころは二十歳（はたち）を超えていようか。だが背丈だけを見れば、十三、四歳ほどにしか見えない。手足は細く、顔は丸い。そのなかに、愛嬌のある目鼻があった。右手には、浅葱（あさぎ）色の布が巻きつけられていた。

「なんだ、照丸か」

「なんだは、ないでしょう。おいらには、あいたくなかったのですか」

照丸が、目を吊りあげる。

「すまぬ、そういう意味ではない」

素直に謝ると、すぐに照丸は機嫌を直した。そういう少年だった。喜怒哀楽は激しいが、決して負の感情を背負いこまない。

「けど、よかったです。先生がもどってくれて。大坂へはいかなかったのですね。おいらたちのために、残ってくれたんですね」

満面の笑みとともに、照丸が聞いてくる。

「ま、まあ、そうだな」

夢のなかなので、盛親は無理やりに話をあわせた。

「やっぱり、おいらたちの先生だ」

浅葱色の布が巻きついた右手で懐から取りだしたのは、一枚の永楽銭だった。穴に紐をとおし、首にかけている。キリシタンがするように、永楽銭を眉間にやった。照丸の癖だ。幸運なことがあると、両親の形見という古い永楽銭に、感謝の祈りを捧げる。

「で、先生、今日は何を教えてくれるんです」

「そうだな、算術はどうだ」

言ってから、しまったと思った。算術は、すでに照丸に教えることはない。この矮軀の青年は、算盤をもたせると豊臣家や徳川家の官僚たちでさえ逃げ出すほどの才を示す。

「じゃあ、先生、仲間も連れてきます」

「ま、待て」

あわてて止めようとしたが、遅かった。ましらのような勢いで、照丸は部屋を出ていく。

「困ったな」

夢のなかだというのに、盛親は狼狽えた。

「先生」

随分と若い声がして、足音がいくつも届いた。はいってきたのは、十二、三歳ほどの童たちだ。

「先生、連れてきたよ」

なんということだろう。照丸も小さくなっている。松浦に連れてこられた、十三歳のころの姿にもどっていた。変わらぬのは、右手に巻きついた浅葱色の布と首から下がる永楽銭だけだ。

もちろん、夢のなかの出来事に文句をいっても仕方がない。だが、安堵もしていた。この歳の照丸にならば、算術を教えられる。

文机にすわらせると、童たちが一斉に算盤の珠を弾(はじ)きはじめた。雨だれを思わせる音が、なぜか心地いい。

「先生、おいら、買いたいものがあるんだ」

最前列の照丸が顔をあげた。首からぶらさがった永楽銭が、右に左に大きく揺れる。

「だから、そんなに熱心に算盤に打ちこむのか。いいことだ。で、何を買いたい」

「国だよ」

「く、国だと」

調子外れの声で復唱してしまった。

「馬鹿をいうな」

「馬鹿じゃない。おいら、大きくなったら銭を稼ぐ。誰よりもたくさんだよ。そして、国を買うんだ。先生、国って幾らするんだい」

「途方もないことをいう奴だ。国など買えるわけがないだろう。それより、どうして国が欲しい」

一国の大名になったとて、苦労ばかりだ。

「国を買ったら、先生にあげるんだ」

無邪気な照丸の一言は、盛親の心臓をえぐるかのようだった。

「おいらが、先生を大名に復帰させてやるよ。そのために、国を買うんだ」

照丸の瞳は、太陽を埋めこんだかと思うほどの光を放っていた。

「大名」とつぶやいて、胸に手をやる。

そうだ。過去に、照丸とそんなやり取りをしたことがあった。

「先生、おいらが国を買うから、大名になりなよ。で、おいらはその国の御用商人になるんだ。先生が国の政、おいらが民の商い——それぞれがそれぞれの役を担うんだ。先生いってたろ、商いは国の礎だって。先生とおいらで、日ノ本で一番豊かな国をつくろうよ」


——日ノ本で一番豊かな国。


その言葉を聞いた刹那、まぶたが跳ねあがった。

眼前にいた照丸や童たちの姿が引きさかれ、あっという間もなく消えていく。

残ったのは、大坂城の長宗我部陣屋にただよう暗がりだけだ。

ゆっくりと上半身をおこす。

暑気が、体にまとわりついていた。がさりと音がするのは、枕元においていた照丸の文だ。

取りあげるが、暗くて読むことはできない。

「思えば――」

昼が、勝手に言葉を紡ぐ。

「あのころは、楽しかった」

ぐしゃりと、照丸の文が潰れた。

盛親大坂城脱出の二刻前

――五月七日　午の刻（午前12時頃）

大坂城天守閣から見下ろす決戦の様子は、まるで命をもった林が蠢くかのようだ。

大坂城の南方から押しよせた徳川軍約十七万に、豊臣方約六万が果敢に襲いかかる。

右の先鋒は真田左衛門佐、左の先鋒はやや遅れて毛利勝永だ。

つづいて、大野治長らの豊臣家臣団の軍勢が布陣している。

目を天守閣の足元にもどすと、桜御門があり、その広場のまんなかに金瓢簞(きんびょうたん)の馬印が屹立(きつりつ)していた。総大将、豊臣秀頼の本陣だ。

旗本たちのきらびやかな甲冑姿にまじって、薙刀をもった女房衆の姿も見えた。さらに目を辺りにやると、曲輪(くるわ)のあちこちに兵がいる。昨日の戦いで傷ついた後藤又兵衛や長宗我部家らの手勢たちだ。

一方の徳川勢である。

攻めこまんとする豊臣方の前に立ちはだかるのは、前田利常(まえだとしつね)、松平忠直(まつだいらただなお)、伊達政宗(だてまさむね)らの大部隊だ。さらに二の備え、三の備えと、徳川の陣容は延々とつづく。そのずっと先に、徳川家康の本陣が見えた。

盛親の耳に届いたのは、徳川軍前衛の発する火縄銃の銃声だった。

灰色がかった煙が湧きあがり、真田の赤備えの精兵たちに鉛玉が襲いかかる。

しかし、真田勢は怯(ひる)む様子を微塵(みじん)もみせない。

豊臣方の快進撃が、倒れる徳川方の旗指物から見てとることができた。特に無残なのは、真田勢を引きうけた松平忠直の陣だ。あっという間もなく赤備えの武者たちに縦断され、切り裂かれた紙のごとく兵たちが四散する。

二の備え、三の備えの徳川勢を、真田勢毛利勢が次々と屠(ほふ)っていく。

はるか先と思われた家康本陣へと迫らんとしていた。

「なんということだ」

思わず、盛親はうめいた。

上半身を乗り出し、天守閣の足元を見る。桜御門の秀頼本陣へと、一騎の武者が駆けていた。赤い甲冑をきているということは、真田左衛門佐の軍使だ。秀頼出馬を要請する気だろう。

このまま真田毛利両将の勢いが衰えず、総大将の秀頼が出陣すれば、あるいは徳川にも勝てるかもしれない。

「ぬかったわ」

盛親は、天守閣の階(きざはし)を大急ぎで降りた。大坂城こそが、死に場所にふさわしいと思っていたが、このままでは当てが外れてしまう。具足(ぐそく)を鳴らし、天守閣を飛びでた。

「真田勢が、敵陣をつき崩している。いつでも出陣できるよう、支度を整えておけ」

部下たちがわっと沸いた。笑みでほころぶ顔は、体の痛みを忘れたかのようだ。

「お拾い様が出馬するようなら、我らはその露払いをになう。弓弦(ゆづる)の張りをたしかめろ。火縄銃に弾をこめろ」

もし、豊臣が徳川に勝つならば——そんな妄想が脳裏をよぎった。

今日は、死ぬには佳き日ではなくなる。

にもかかわらず無念という思いは湧いてこない。まるで、それを望んでいるかのようだ。

思えば、盛親は初陣の戸次川の戦い、両度の朝鮮遠征、関ヶ原の戦いなど、負け戦ばかりだ。北条(ほうじょう)討伐などの勝ち戦には参加したが、自分が活躍する余地はなかった。

だが、こたびはちがう。

初めての勝ち戦が見えてきたのだ。

ぶるりと、盛親の総身がふるえた。

盛親大坂城脱出の一刻前

――五月七日　未(ひつじ)の刻（午後2時頃）

「愚かな」

長宗我部盛親は思わず叫んでしまった。

「えっ」と何人もの部下が振りむく。まだ、盛親らは大坂城を出撃していない。視界にある金瓢箪の馬印が動かないからだ。味方の優勢にもかかわらず、豊臣秀頼の陣には変化がおきない。秀頼は出馬しないのだ。

勝負は決した。

勇躍する旗指物の様子から、豊臣方は互角以上に戦っている——ように見える。事実、真田勢の六文銭をはじめとした味方の旌旗は前進しつづけている。だが、もうすぐ限界をむかえるはずだ。秀頼の出馬なくば、この勢いは殺される。

いや、出馬するべきだった——というべきか。今、動いても手遅れだ。

「嗚呼(ああ)」

部下たちの声が、盛親の耳をなでる。

豊臣方の進軍が鈍りだす。だけでなく、ひとつふたつと旗指物が地に落ちた。波がひくように、豊臣方が押しのけられはじめている。

徳川勢が、次々と逆襲に転じる。

巨大な波濤(はとう)に変じて、豊臣方を呑みこんでいく。

盛親は、息を吐き出した。

勝ち戦への未練を、体から残らず絞り出す。

いよいよだ。

きっと、前を見据える。

殺到する徳川勢は、十七万。戸次川の島津勢の十倍以上。もうすぐ、盛親は兄の死を超えることができる。

盛親大坂城脱出の半刻前

――五月七日　申（さる）の上刻（午後3時頃）

迫りくる徳川勢の足音は、まるで地揺れのようだった。盛親ら長宗我部勢のきる甲冑が、カタカタと音を奏でる。

いつのまにか、金瓢箪の馬印は消えてなくなっていた。秀頼は、淀殿と一緒にどこかへと逃げ隠れたのだ。

――死ぬには佳き日だ。

心からそう思った。

あちこちの曲輪の敗兵をかき集めてくるよう、旗本に指示をだす。

「我こそは、長宗我部元親が四子、長宗我部盛親だ。四国無双と讃えられた、長宗我部信親の弟だ」

視線が集まるのがわかった。特に、兄の名前への反応が濃い。兄の死に様は二十八年たった今でも、武士たちの耳目には色褪(いろあ)せずに残っている。

とうとう、大坂城に火がつけられた。いくつかの曲輪から火の手があがる。

黒煙も濃くたゆたいだす。

盛親と想いを一にする武者たちが、四方八方から集まり出す。

みな、傷ついているが、目には闘気が満ちていた。

その一方で、徳川勢がゆらす大地のきしみはどんどんと大きくなる。

今や、曲輪の石垣さえふるえるほどだ。

盛親がこもる曲輪の門が、不快な音を奏でる。敵が、大槌(おおづち)で門を破壊せんとしていた。

「お拾い様はどこだァ」

敵兵の叫びだった。

「淀殿を探せ」

「我らは長宗我部の首をとるぞ」

殺気まじりの声に、盛親はにやりと笑った。

舌なめずりもする。

抜刀し、名乗ろうとしたときだ。

「先生」

声帯が凍りついたかと思った。刀も取り落としそうになる。

一体、誰が己のことを〝先生〟と呼ぶのだ。

恐る恐る振りむく。

そこには、矮軀の青年がいた。

丸い顔に愛嬌のある目鼻、細い手足、右手には浅葱の布を巻きつけている。足軽用の胴丸は、いかにも重そうだ。

「て、照丸ではないか」

二の句が継げない盛親に、照丸が駆けよる。

「先生、おひとりでは死なせませぬ。お供をさせてください」

「どうして、ここに。お主は、京にいるのでは」

「おいらが大坂にくるといえば、反対されます。それゆえ、小細工を弄しました。京からの手紙がくれば、先生も怪しまぬはず」

照丸はいう。盛親への文を書きため友に託し、適当な時期を見計らって大坂城に送ってもらっていたという。

「この春から、おいらは後藤又兵衛様の雇い足軽として城内におりました」

まったく気づかなかった。まんまと照丸にだまされたのだ。

見れば、照丸は体のあちこちに傷を負っていた。

当然だろう。後藤又兵衛の隊は昨日の戦いで大将を喪い、壊滅した。無傷の方がおかしい。

「馬鹿が、どうして……どうして」

照丸を責めようとするが、言葉がうまくでてこない。盛親の胸に、締めつけられるような痛みが広がる。

「育ててもらったご恩に報いたくあります。お供をさせてください」

細い腕で、照丸は刀を頭上に突きあげた。巻きついた浅葱色の布が風になびく。

「馬鹿め」と、言い捨てた。

照丸に背をむける。

「どうなっても知らぬぞ」

「もとより覚悟のうちです」

いつのまにか、門扉がゆがんでいた。木槌で叩きつける音が、何度も何度も届く。無数の人が押しよせて、はいった亀裂を広げんとしていた。

風がふいて、火のついた大量の灰が天をおおう。

とうとう、門に大きな裂け目ができた。徳川勢の武者たちがひしめいているのが、嫌でも目にはいる。
「いたぞ、大将首だ」
「開けろ。もっと裂け目を大きくしろ」
木槌が振りおろされ、槍がねじこまれ、門扉が不快な音をたてる。
盛親は右足を大きく前に一歩踏みだし、刀を頭上にかざした。
味方が前のめりになる。槍をにぎる音さえも聞こえた。
下知を叫んだつもりが、盛親の喉からは音として発せられなかった。
なぜだ――
体が金縛りにあったかのように、動かない。
脳裏をよぎる影がある。
大薙刀をもつ、長身の武者だ。
兄の長宗我部信親ではないか。
「いやじゃ」という声が響いた。
ずいぶんと若い。照丸かと思ったが、ちがう。
これは……己の声か。
十二歳の時の、盛親の声だ。

「いやじゃ、兄上、おれも死ぬ。兄上は退いてくだされ」

記憶のなかの盛親は、兄の太い足にむしゃぶりついていた。

薩摩兵児が、今まさに迫らんとしている。背後の戸次川には、退却しようとして力つきた味方の骸がいくつも浮いていた。

兄は容赦しない。

盛親の顔を蹴りあげ、足から強引に引きはがす。

船に酔ったかのように視界が揺れて、盛親はどうと倒れた。

「お前が死ぬことはならん」

兄は、恐ろしいほどの怒声で言い放った。

「川を越えて、逃げろ。ここはわしがくい止める」

「そんな」

起きあがろうとするが、体がいうことを聞かない。

「生きろ。お前には未来がある」

そういって、兄は白い歯を見せた。

両脇を味方にかかえられ、盛親は引きずられる。

「兄上」と、叫ぶのがやっとだ。

兄は——四国無双と呼ばれる男は、片手で軽々と大薙刀を振りあげた。

次の瞬間、大薙刀は風に変わった。

血と肉まじりの烈風に。

薩摩兵児の首や手足が飛びちる。

喚声と怒号がぶつかり、弾けた。

ざぶざぶと、盛親の両脇をかかえる武者が川を進む。

半ばまできたとき、兄の足元には無数の薩摩兵児の骸が折りふしていた。大薙刀は折れ、かわりに大太刀をにぎっている。

「兄上っ」

くぼみにはまり、盛親は水中に没した。手足がやっと動きだす。

あがき、水面に顔をだした。

もう、兄はいなかった。

薩摩兵児のひとりが、四国無双と称賛された男の首を高々と突きあげている。

「殿ォ」

耳元で絶叫がして、我にかえった。

「ご下知を」

「そうです。先生、敵がきます」

目を血走らせた部下と照丸が、怒鳴っている。

見れば、門は完全に破壊されていた。徳川勢が、弓をかまえている。

飛び出したのは、照丸だ。

反射的に、胴丸の首のあたりをつかんでいた。盛親は、一気に教え子を後方に投げとばす。

同時に、矢が襲ってきた。

刀をふって、ひとつふたつと叩きおとす。みっつよっつと体をかすり、五本目が太ももに、六本目が肩に刺さった。

「退けェ」

いまだかつてない声量で、盛親は叫んでいた。迫ろうとした徳川勢も、思わず足を止める。

「逃げろ、退くのだ」

繰り出される槍をよけ、柄を刀で切断する。

「ここでは死ぬな。逃げのびろォ」

何人もの武者が拒むように首を左右にふる。

「逃げねば、わしが斬る」

後退を拒む武者の兜（かぶと）の飾りを、刀で両断した。

ひとり、ふたりと背を見せる。つづいて十人ほどが逃げ出した。

それでいい。

心中で、盛親は叫んでいた。

逃げて、生きのびろ。

だが、全員ではない。

照丸が、敵に斬りかからんとする姿が視界のすみにあった。

「退けェ、退却じゃあ。我につづけ、生きのびるぞ」

照丸を襲わんとした敵を斬り伏せて、叫ぶ。

そして、敵に背をむけた。

「それでも武士か」

「背をむけるは、末代までの恥ぞ」

罵声が、長宗我部盛親の心を容赦なくえぐる。両手で耳をふさぎたい衝動に必死に抗(あらが)う。

「せ、先生、待ってください」

照丸の声がついてくることを確かめてから、盛親は足を速めた。

味方をかき分けるようにして、盛親は徳川勢から離れていく。

大坂城内は火焔につつまれていた。そのなかを、長宗我部盛親らは逃げる。徳川勢の矢弾をかいくぐり、進む。横にならぶ照丸の顔は、真っ黒になっていた。きっと、盛親もそうだろう。

下へとつづく石段があらわれた。ここを突っ切れば、大坂城の北を流れる淀川があらわれる。藪や水草が多く、身を隠しつつ対岸までいけるはずだ。

降りようとして、こうべをめぐらせた。

黒煙を切り裂くように、戦う老武者がいる。傷だらけの月代から血をしたたらせているのは、松浦弥左衛門だ。ひとりで、数人の武者と刀を打ちあわせていた。

「照丸、先にいけ。すぐに追いつく」

「けど……」

照丸の腰を蹴り、無理やりに前へと進ませる。半ば転げるようにして、照丸が石段を降りていく。

「松浦、助太刀する」

刀を振りあげて、盛親は突進した。一合二合と打ちあうと、銀片が舞った。蹴りを膝に叩きこみ足をおり、その隙に切っ先を深く刺す。

絶命半ばの敵から刀を奪い、さらにひとりふたりと斬った。三人目は、松浦と同時に刃を繰り出していた。首と胴をそれぞれが薙ぐ。

どうと、最後の敵が倒れた。

「先生っ」と、石段の下から声が届く。

顔をむけた松浦の表情が、凍りついた。

「あれは――照丸」

松浦の体が戦慄きだす。

「なぜ、ここにいるのです」

「すまぬ。してやられた。偽の文でわしを騙し、後藤殿の雇い足軽として参加しておったわ」

「そ、そんな」

「安心しろ、わしがかならず城外に送りだしてやる。もっとも、その後は知らんがな」

城外にも、落武者狩りが横行しているはずだ。

照丸が、こちらへと登ろうとするのが見えた。

「くるな。すぐにいく」

そう叫んで、一歩松浦から離れた。煙る火焔のため、照丸からは松浦の姿が見えないようだ。

「右衛門太郎様、照丸をたのみます。あの子は――」

盛親は腕を前にだし、言葉をさえぎった。

「わしの教え子だ。無駄死にはさせん」

この命にかえてもな、と心中で誓った。

「右衛門太郎様、感謝いたします」

松浦は深々と頭をさげた。

見れば、松浦がたどった道を示すように骸がならんでいる。盛親らの逃亡と完全に逆行していた。あえて、敵がひしめく大坂城の中心へいたろうとしている。

「松浦よ、逃げぬのか」

こくりと老武者はうなずいた。

「どこへいくつもりだ」

「お拾い様と淀殿のもとです。せめて、最期はあの親子の――」

なぜか、そこで松浦は言いよどんだ。

「せめて、おふたりのそばにいてやりたくあります」

あとは、両者無言だった。

「先生ェ」と、ふたたび照丸の叫びが聞こえた。

ふたりうなずいて、同時にきびすをかえす。

そして、別々の道を全力で駆けていく。

盛親大坂城脱出の刻
——五月七日　申の刻（午後4時頃）

「照丸、大丈夫か」

顔にしたたる汗や泥をぬぐいつつ、盛親はきく。もう兜はない。具足や着衣がびっしょりと濡れているのは、大坂城の北を流れる淀川を必死に泳いだからだ。

「は、はい。なんとか」

泥だらけの顔をゆがませて、照丸は答える。苦しげに、肩で息をしていた。

ふたりは、淀川の川岸にいる。生い茂る水草が、かろうじて姿を隠してくれている。

その背後には、火焔を吹きあげる大坂城があった。矢倉が、次々と崩れおちていく。唯一残っているのは、山里丸にある矢倉だ。なぜか、敵の旗指物が囲むように集まりつつあるのがわかった。

「先生、なぜ、戦わなかったのです。どうして逃げたのです」

照丸が詰問するが、盛親は答えられなかった。

「まさか、おいらの……」

「しっ」と、盛親は照丸の口元を手でふさいだ。ふたり身をかがめ、水草のなかに沈む。

息を殺していると、大勢の足音が近づいてきた。

「探せえ」

「兜首を捕まえれば、一生安泰じゃ」

落武者狩りの殺気だった声が、水草をゆらす。騎馬の一団が駆けぬける音もした。どうやら城内の豊臣方をあらかた狩りつくした徳川勢が、城の外へも繰り出したようだ。

腹ばいになり、ふたりは進んだ。

やがて水はなくなり、湿った地面の上へといたる。藪のなかに、素早く隠れた。

が、この先には身を隠すものはない。

「畜生、あともうすこしで脱出できるのに」

照丸の歯ぎしりの音が聞こえた。

「照丸、悪く思うな」

「え」と聞きかえしたが、無視した。照丸の細い首に、盛親は躊躇（ちゅうちょ）なく腕を回す。

「ぐ」と照丸がうめいたが、盛親は容赦しなかった。

半瞬の後に、照丸はがくりとうなだれる。

気絶した照丸を、藪の下にそっと寝かせた。刃こぼれだらけの刀をにぎり、藪から飛びだす。

「いたぞ、落武者だ」

「生け捕れ」

百姓姿の落武者狩りと、馬に乗る徳川の武者が同時に声を放った。盛親は、脱兎のごとく駆ける。刃をかいくぐり矢をよけ、槍先に頬をかすりながら血路を開く。

「気をつけろ、手強いぞ」

「生け捕らなくてもいい。殺せ」

怒号と一緒に銃声がした。左肩が熱くなる。銃弾をうけたのだ。歯をくいしばり、地面を蹴る。

が、いつのまにか左足の太ももが血で湿っていた。見ると、おれた穂先が刺さっているではないか。

片足を引きずりつつ、走る。

首をねじると、照丸のいる藪が小さく見えた。徳川勢は、まばらにしかいない。照丸のいる藪ではなく、盛親を追跡しようとしている。

目論見通りに敵を引きつけたが、安堵している暇はない。もっと遠くにいかねば、意味がない。

痛む体を叱咤(しった)した。

汗が目にはいり、視界がにじむ。歯を食いしばると、血の味が口のなかに満ちた。

「わしは生きる」

血と一緒にそう叫んだ。

追っ手のすべてを惹(ひ)きつけてでも、生きのびる。

だから、お前も――。

それ以上は、考えられなかった。

先回りした騎馬武者が、砂塵(さじん)とともに盛親の前にあらわれたからだ。

繰り出された槍に肉をえぐられ、馬蹄で骨を砕かれる。

それでもなお、盛親は逃げる足を止めない。

ただひたすらに、一歩でも遠く。

照丸のもとから、この身と追っ手たちを引きはがす。

はじまりの刻

慶長二十年（1615）五月八日
申の刻（午後4時頃）
盛親大坂城脱出の十二刻（24時間）後

今、目の前にあるものが、戦国という世の墓標だとしたら、あまりにも惨めではないか。
灰まじりの風をうけつつ、照丸はひとりそんなことを考えていた。目の前には、かつて大坂城だった残骸がある。黒焦げになり倒壊した天守閣や矢倉、まっ黒に変色した漆喰壁、崩れた石垣、血で染められた井戸――そして何より埋めつくす骸たち。

武士だけでなく、城で働いていた女や子供たちのものもある。

喉が痛み、照丸は手をやった。首筋をさする。大坂城を脱出したと思ったとき、長宗我部盛親に首を絞められた。そして、あっという間もなく気を失った。

「先生の馬鹿野郎」

長宗我部盛親の行方はわからない。どんな理由であれ、照丸を連れていってくれなかった。
照丸は、捨てられたのだ。

理解できるのは、ただそれだけである。

照丸にとって、捨てられるのはこれで二度目だ。一度目は生みの親から。密かに養育してくれた松浦弥左衛門がいうには、照丸の身を慮ってのことらしい。

人の気配がして振りむくと、四人の男たちが照丸のもとへと近づこうとしていた。武士ではない。脚絆で足元を固めた旅装姿の商人だ。四人とも短い脇差をさしている。

「そこにいたのか、照丸」

ひとりが手をふり、呼びかけた。

「もういいだろう。いつまでも、感傷にひたるな。豊臣家は跡形もなく滅びたのだ。こっちへこい」

四人の男たちは車座になり、火にかけられた鍋を囲みだした。米の炊ける甘い香りがただよってきて、不覚にも照丸の腹が鳴る。

気を失った照丸を助けてくれたのが、目の前の商人たちだ。何でも、東軍徳川秀忠の陣に出入りする商人だという。偶然にも、ひとりは照丸の顔見知りだった。

「さあ、飯を食え」

商人たちの隙間にすわりこむと、雑炊を満たした椀を突きだされた。

「どうだ。無一文と天涯孤独になった気分は」

あまりの言い草に「なんだと」と睨みつけた。

「あんたらだって、似たようなもんだろう」

この男たちは今回の合戦で一銭も儲けなかった。だけでなく、全財産を失ってさえいた。

理由は、驚くべきものだ。四人は土地や家など所有するすべての財を銭に替え、兵糧と武具を購入した。そして、無償で徳川秀忠にゆずったのだ。

それゆえだろうか、照丸がだく椀の中身は、肉や魚は皆無だ。雑穀交じりの米に、申し訳程度に山菜がはいっている。

「銭はなくとも、わしらにはこれがある」

四人のなかのひとり——岡田心斎と名乗る坊主頭の男が、一枚の書状を突きつけた。徳川秀忠直筆の書で、大坂の町の開発を岡田心斎ら四人にゆだねると書かれていた。全財産を、東軍に投じた見返りということだろう。

「この許し状が、いずれ大金を生むのじゃ」

そういったのは、岡田心斎のむかいにすわっていた伊丹屋平右衛門という男だ。

「それに比べりゃ、東軍にくれてやった武具や矢弾など屁みてえなもんだ」

そう強がったのは、右隣にすわる三栖清兵衛である。

「とはいえ、この飯の粗末さはどうにかならんかったのかのぉ」

情けない声をあげたのは、左隣の池田屋次郎兵衛。

「照丸よ、もう武士の世は終わりだ。今、この瞬間からな。それを誰よりも早く見通していたのは、わしの父親よ」

坊主頭の岡田心斎が胸をはる。この男の祖父は織田家につかえる武士だった。が、長島一向一揆の戦いで討死し、その息子（岡田心斎の父）は、武士をやめて伏見で商いをはじめた。

「これからは刀槍ではなく、銭がものをいう時代よ。商いが、世を制する」

平らげた椀を放り投げて、岡田心斎はつづける。

「だから、お主を助けたのじゃ。神算の照丸の名は、伏見にいたわしの耳にも届いていたぞ」

岡田心斎が商用で京の中心部にきたとき、何度か照丸を見たことがあるという。

「しかし、まさかあんな小汚い藪に寝転がっとるとはな。行きだおれた落武者と思っていたら、右手に見覚えのある浅葱の布が巻きついているから、驚いたわ」

岡田心斎は、照丸の右手を指さした。ぼろぼろになった布が巻きついている。

「今まで色んなものを拾ったが、こたびほどのものは今後もあるまいて」

岡田心斎の言葉に、他の三人がくすぐられたように笑う。無論のこと、照丸がそれに同調することはできなかった。

「聞け、照丸。わしには夢があるのじゃ」

こちらの気も知らずに、坊主頭の岡田心斎はつづける。

「いつか、わしは大坂の町をよみがえらせる。そして日ノ本一の町に育てる。いや、日ノ本だけではない。明や南蛮の町にも劣らぬ商都にしてみせる」

岡田心斎は、徳川秀忠の許し状を高々と掲げた。

「そして復興した大坂の町に、わしの名前を冠した橋をかける。名付けて、心斎橋。どうだ、よい名前だろう。うん、おい、照丸、聞いているのか。なんだ、まさか、お主、武士に未練があるのか」

岡田心斎が照丸の顔を覗きこんだ。

「ふん、そんなもん、はなからねえよ」

表情を隠す意味もあり、照丸は椀のなかの雑炊をかきこんだ。

小石が交じっていたようで、ガリッという音がした。

正直、不味(まず)いと思った。が、それでも腹の底がくつくつと温かくなる。

「照丸、お主とわしの力でこの大坂をよみがえらせてみんか。堀を掘削し、いくつもの橋をかける。ここ大坂を、天下無双の商都にしようではないか」

語る岡田心斎の表情は、まるで童のようだった。盛親を失った照丸には、その顔は正視しがたかった。

「まあ、返事を今すぐにとはいわぬさ」

岡田心斎ら四人は立ちあがり、籠を背に担いだ。

「どこへ、いくんだ」

「今から、売れそうな刀槍や鎧を骸から拝借してくる。偉そうにいったが、無一文な身にかわりはない。まあ、照丸はここで休んでおれ」

籠を背負った四人は、大坂城のあちこちへと消えていった。

火が消え、鍋の熱が徐々に冷めていく。

照丸は、立ちあがった。そして、歩く。

たどりついたのは、山里丸という曲輪だ。ここに、淀殿と秀頼が逃げこんだという。徳川方は容赦なく火をつけ、母子もろとも焼き殺した。まだ火がくすぶっているのか、残骸からはほのかに白い煙が立ちあがっていた。

照丸は、首にかけていた永楽銭を目の前にかざした。

そこには、大きな歯形がひとつついていた。松浦弥左衛門がいうには、己の実の父の形見だという。何でも応仁の乱のころに、照丸の先祖が主君から拝領したものだという。といっても、松浦は父の名も主君の名も教えてくれなかったが。

つづいて、右手に巻きつけていた浅葱の布をはぎ取った。

出てきたのは――異形の掌だ。親指の外側に、奇妙な突起がある。目をこらせば、その先端に爪がついているのがわかるだろう。

照丸の右手には、六本の指があった。この異形の右手も父譲りだと、ある日、松浦弥左衛門は口を滑らせるように告白した。

親指の横の六本目の指を、ゆっくりとなでた。

——己の実の親は誰なのか。

照丸が、大坂城に危険を冒してまで潜入した、もうひとつの理由だった。

手がかりは、わずかしかない。照丸と同じ六本指。ひとり心当たりがあった。豊臣秀吉だ。

そして、松浦弥左衛門は、秀吉の赤子である秀頼を拾う役を過去に担った。

さらに、秀頼と照丸が同年同月同日の生まれなこと。

そこから導きだされる答えは、あまりにも荒唐無稽だった。

首から、永楽銭がつながった紐を外す。

そして山里丸の中央——秀頼と淀殿の母子が没したと思しき地に穴を掘り埋める。

手をあわせ、静かに祈った。

なぜか、六本目の指が意思とは関係なく動く。

それは、照丸の知らぬ誰かが語りかけるかのようだった。

解説

縄田一男
（文芸評論家）

本書『戦国十二刻 始まりのとき』は二〇一九年八月に光文社から刊行された一巻で、先に光文社文庫に収録された『戦国十二刻 終わりのとき』の姉妹篇とも言うべき作品集となっている。

それぞれのタイトルに〝十二刻〟とあるのは作品が史上有名な事件の最後の一日を描いている事を示している。その緊迫感や緻密な構成は比類がなく、これらを読み終わって、あの話が面白かった、いや、こっちの方が面白かったと口角泡を飛ばして論じ合うのが本当の歴史・時代小説ファンだという気がする。

『戦国十二刻 終わりのとき』には、六篇の作品が収録されているが、巻頭の「お拾い様」には、大坂夏の陣で豊臣秀頼が死ぬまでが描かれる。〝お拾い様〟＝秀頼と、母であるお市の方の「――母のような不幸な女になってはいけない」という言葉に呪縛された淀君の母子心中のように物語は進む。が、この言葉が別の意味を持った時、驚愕のラストが待っている。

会心の作とみた。

次の「子よ、剽悍なれ」で描かれるのは、伊達政宗の父・輝宗殺し。父を殺して初めて分かりあえる親子の姿が戦国乱世の非情さを浮き彫りにしている。

「桶狭間の幽霊」は、今川義元が織田信長に討ち取られるまでの話だが、信長はラストに少し登場するだけという異色篇。ほとんどは果敢に織田方を攻めようとする義元と、これを止めようとする死せる義元の兄・玄広恵探との対話で進められていく。この一巻に収められている作品は、みな、小道具の使い方が抜群だが、本篇では鼻の欠けた石地蔵がいい味を出している。

続く「山本勘助の正体」は、作者得意の怪奇趣味を通して、戦国の権謀術策の凄まじさをあぶり出している。

「公方様の一ノ太刀」は、ご存じ剣豪将軍足利義輝の最期を扱っているが、この作品でも小道具としての百日紅が光っており、塚原卜伝の一ノ太刀の新解釈が施されている。

そしてラストは、死の床にある徳川家康による戦国総ざらい「さいごの一日」。

いずれも小気味良く、まさに充実の一巻という他はない。

では『戦国十二刻始まりのとき』に収められた諸作はどうであろうか。

巻頭の「乱世の庭」は戦国前史ともいうべき応仁の乱を描いた作品である。細川勝元ひきいる東軍と山名宗全ひきいる西軍の激突から相国寺の庭を守ろうとする善阿弥に秘策はあるのか。彼はそのために公方である足利義政に会おうとする。善阿弥は公方に相国寺を焼亡から救い、美しい国をつくると言っていたかつての公方に戻ってくれと嘆願、そのために一休宗純和尚を紹介してくれとたのむ。この一休和尚が、聖徳太子が未来を予言したと伝わる伝説の書物『聖徳太子未来記』の写しを所持しているという設定も面白いが、六指のまましら、大山崎の油売り等、後の戦国乱世に関わってくる男達をいかにも怪人物風に登場させているのも興味がもてる。さらに一休が後小松天皇の落胤であるとさらりと書いてしまうところなどこの作者の度胸の良さを感じてしまう。

この作品の伝奇性の高さは『聖徳太子未来記』ばかりではなく『邪馬台詩』や三種の神器のすり替えなどを巧みに作中に盛り込むなど意欲横溢、その中で善阿弥の今日にも通じる「みなで、美しい国をつくりましょう」という願いは叶うのか。そして、この後歴史の連続性の中で語られる陶、毛利、大内ら、もはや戦国の鼓動は誰にも止められぬほどに高まっている。

そして、全体の序章ともいうべき「はじまりの刻」を経て土岐家の滅亡を描く「因果の籤」がスタートする。物語の面白さの核心にふれるのでもうこのあたりからは本文の方を先に読んでもらいたい。これは守護である土岐頼芸をかつての家臣斎藤道三が討つという下克上の集大成の物語。その中で土岐家の命運を山崎の神人に古くから伝わる三度籤にゆだねようとする斎藤道三。さらには土岐八郎の首を持参したという十兵衛なる侍の登場まで——この侍こそが後の下克上の主役となるのだ。六指のましらといい十兵衛といい、作者は彼らを脇役として登場させる事によって、書かずして歴史の重要な場面を読者に想起させているのである。

次の「厳島残夢」は陶晴賢と毛利元就の厳島合戦を描いた作品。物語は「乱世の庭」で語られた三種の神器のエピソードを引きずっており、こうした歴史の連続性は、何やら山田風太郎作品めく。物語は、己れの野心のためなら血族を手にかける事も厭わない元就が、己れが天下の主たる野望を捨て、ひたすら毛利家の存続のみを願うという決意をするまでを描いたもの。天下の主たらんと願って、初めて毛利一国が守れるという逆説は、乱世を生き延びたこの一族らしい家訓に他なるまい。

これらの作品はいずれも何らかの滅亡を扱ったものであり、それでは〝始まりのとき〟ではないではないか、という方がいるかもしれない。が、物語の終わりはすなわち、始まりなのである。

次の「小便の城」で描かれるのは竹中半兵衛の稲葉山城の乗取りである。人はこの乗取りに関して、それまで半兵衛に備わっていた軍師としての才能が十全に発揮されたものとして見るが、作者はこの一件がそれを世に知らしめたものの発露である事に着目、それまでは軍師的気質ではなかったとしている。実際半兵衛は斎藤家に仕えるも、主君である龍興の寵愛を受けている飛騨守から小便を引っかけられた女子のような侍と蔑まれ、いつか己れが猛き武士である事を家中に知らしめてやると念じている。幼少の頃より様々な武芸の鍛錬を繰り返し、生傷が絶えなかった努力は今や小便侍という悪名と共に灰燼に帰した。そこで臣下と共に宿直にあたっている飛騨守を手にかけようというのである。そしてその後自らの手で十文字に腹を切り、仇に腸を巻きつけ死んでやるというのだ。しかしこの壮絶な復讐劇はおもわぬ所から頓挫する。彼が思い知ったのは人間というものの不思議さであり、武を捨て勇を誇らぬ、知略を武器に生きる——これぞ軍師・竹中半兵衛誕生の瞬間である。

　次の「惟新の退き口」はかの有名な関ケ原合戦における島津の敵中突破である。日ノ本では〝鬼島津〟と、明朝鮮からは〝鬼石蔓子〟と恐れられている島津〝惟新〟義弘は、戦場にようやく辿り着いた薩摩兵児・有村某に、自分たちは朝鮮の役で一歩もひるまず恐れられた、しかし、日本に戻ってきたら朝鮮で一矢も放たず太平を謳歌した徳川の犬どもが大きな顔をしていると声をかける。有村たちもこれから天下分け目の大合戦が始まると信じており、薩摩独特の度胸試しである肝練りや、合戦前に討ち取る武者の名前を宣言する〝色つけ〟に興じている。有村は井伊兵部の首をとると宣言。そして有村は夏に雪が降る怪事を経験する。

が、それも作者の歴史の連続性の予言に他ならない。討つべきは内府（徳川家康）と思い定めながらも己れの武辺にしか興味のない島津など我らの敵ではないと有村は井伊に無視されてしまう。薩摩兵児たちを無視した報いを必ずや徳川めに受けさせてみせると誓う有村。ここでこの作品はまさしく時間を超越するのである。

続く「国士無双」は長宗我部盛親の大坂城脱出を描いている。彼の頭をよぎるのは、〝今日は、死ぬには佳き日ではない〟という思い。どうせ死ぬのなら九州は戸次川の戦いにおける兄・信親の散り際を超えるものでなくてはいけない。それだけではない、臣下の鈴木主馬正から、かつての盛親は領民や家臣のため、戦いを避ける国士だったが今は違うと言われ「四夫として死ぬのではなく、国士として生きてください」と嘆願される。この一篇は盛親の思いを捉えた一種の心理劇としても読むことが出来、作品が正のベクトルへと向かっていると言う事が出来る。

最後に盛親の大坂城脱出の十二刻後を描いた「はじまりの刻」が据えられて本書も幕となる。「国士無双」から続く照丸という微妙なキャラクターの巧みな使い方、さらには最後の特別出演である岡田心斎の登場まで作者の筆使いには遺漏がない。このように木下昌輝の手にかかると、物事は歴史の連続性の中で様々な表情を見せ、作品をかたちづくっていく。

巧まざる趣向による会心の一作と言えよう。

なお、〈戦国十二刻〉シリーズは、この後刊行される『戦国十二刻　女人阿修羅』で完結する予定である。

初出
「乱世の庭」「はじまりの刻」（「小説宝石」二〇一八年十月号）
「因果の籤」（「小説宝石」二〇一八年八月号「土岐家滅亡」改題）
「厳島残夢」（「小説宝石」二〇一八年十一月号）
「小便の城」（「小説宝石」二〇一六年三月号）
「惟新の退き口」（「小説宝石」二〇一八年七月号「島津惟新の退き口」改題）
「国士無双」「はじまりの刻」（「小説宝石」二〇一九年一月号）

二〇一九年八月　光文社刊

光文社文庫

戦国十二刻 始まりのとき

著者 木下昌輝

2022年12月20日 初版1刷発行

発行者 三宅貴久
印刷 堀内印刷
製本 ナショナル製本

発行所 株式会社 光文社
〒112-8011 東京都文京区音羽1-16-6
電話 (03)5395-8149 編集部
8116 書籍販売部
8125 業務部

落丁本・乱丁本は業務部にご連絡くだされば、お取替えいたします。
ISBN978-4-334-79459-0 Printed in Japan

組版 萩原印刷